時々ボソッとロシア語でデレる隣のアーリャさん

Иногда Аля внезапно кокетничает по-русски

6

「おかえりなさいませぇ～♥
ご主人様♥お嬢様♥」

ののあ

「はい、どうぞ」

「どうしたの？」

目次

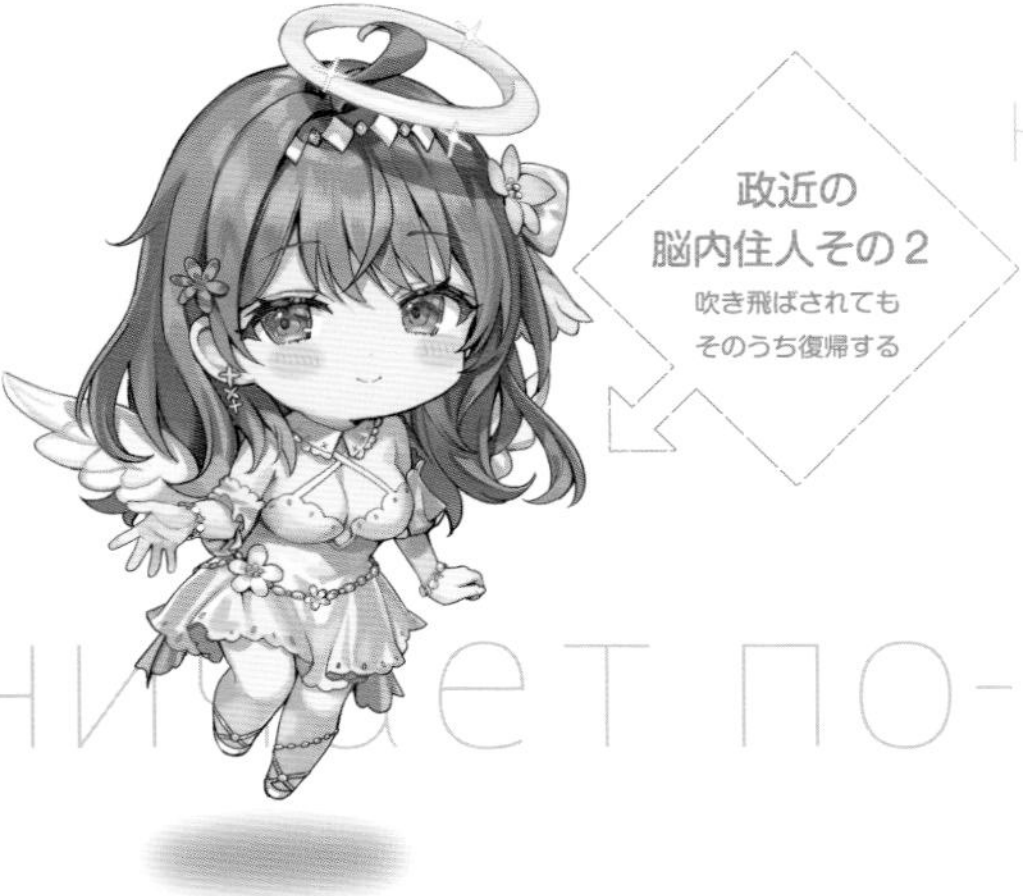

政近の脳内住人その2
吹き飛ばされても
そのうち復帰する

時々ボソッとロシア語でデレる隣のアーリャさん6

燦々SUN

角川スニーカー文庫

23612

Illustration：ゆゆり
Design Work：AFTERGLOW

プロローグ

私の魔法使い

『アーリャちゃんは、とっても頑張り屋さんね』

子供の頃から、幾度となく言われた言葉。その言葉に、私はいつも違和感を抱いていた。頑張っただけで、なんで褒められる？　目の前のことに全力で取り組むなんて当然のことで、そうしない方がおかしい。

そんな自分の考えが極少数派だと気付いてからも、私は自分の生き方を変えるつもりはなかった。常に高みを、自分の理想とする自分を目指して、努力し続けるだけ……

『そんなに気に入らないんなら、お前一人でやれよ‼』

九歳の時、クラスメートにそう突き放されたあの瞬間に、誰にもこの生き方を理解されなくていいと思った。誰に理解されずとも、誰に褒められずとも、私自身が私の努力を知っていればそれでいい。そうやって一人で高みを目指し続けることに、なんの迷いもなかった……はずだった。あの日、学校で先生に質問されるまでは。

『皆さんは、将来何になりたいですか？』

それは、本当に何気ない質問だった。けれど、私はそれに対する答えが自分の中にないことに、愕然《がくぜん》とした。

私には、人生における目標というものがない。とにかく高みを目指しておきながら、私はその果てに何を求めるのか、自分でも分かっていなかったのだ。そのことに気付いた瞬間、ただひたすらに高みを目指す自身の生き方に、疑問と迷いが生まれた。

私はまるで……係留ロープの切れた気球のようだ。ただただ上に向かって飛ぶしかない。飛べば飛ぶほど、景色は暗くなり、息は苦しくなる。それでも助けを求める相手はいない。この生き方が正しいのかどうか、問う相手すらいない。

誰か、私と同じ高さで、同じ速さで飛んで欲しい。一人じゃないと分かれば、きっと迷いは消える。誰かと競い合うことが出来れば、暗闇に向かって飛ぶことだって怖くなるはず。でも、誰もいない。みんな、私が置き去ってしまった。一人高みを目指すと決めたのは私。今更もう、後戻りは出来ない。

小さな籠から下方に遠ざかった地面を見下ろし、墜落の恐怖に怯《おび》えながらなおも上に飛ぶ。その先に何があるのかも、どこを目指しているのかも分からないまま、どこまでもどこまでも……

『なんで生徒会長になりたいんだ？』

かつて彼にそう問われた時、私は即答した。なりたいからなりたいのだと。上を目指すのに理由などないと。けれど……それが完全な真実ではないことを、自分では分かっていた。それ以上深く追及されないように、あえて私は即答したのだ。

なぜなら……私が生徒会長を目指すのには、もっと利己的な感情も絡んでいたから。結局のところ、私は誰かに認めてもらいたかったのだ。私の生き方は間違っていないと。征嶺学園《れいがくえん》に入って、多くの生徒に支持され、尊敬される生徒会長という地位を知って……そこに立つことが出来れば、この息苦しさから解放されると思った。迷いは消え、先の見えない暗闇を行くことも、怖くなると思った。

『九条《くじょう》さんが頑張ってることは分かってる』

その言葉が、私にとってどれだけ大きなものだったのか。彼はきっと知らないのだろう。彼は、まるで魔法使いのような人だった。乗り物など使わず、身ひとつで自由自在、勝手気ままに空を飛ぶ意地悪な魔法使い。彼は、どちらが上でどちらが下かなんてまるで気にしていなかった。時には、籠の中でうずくまって盲目的に飛び続ける私をからかうように周りを飛び。また時には、私を導くように上空を飛んだ。

落ちる恐怖も、暗闇を行く恐怖も、彼からは一切感じられなかった。そんな自由過ぎる彼の振る舞いが癪《しゃく》に障って、たくさん小言を言った。けれど、彼は籠の中からやいやい文句を言う私を、まるで子供を扱うようにあしらって……それがまた腹立たしかった。腹立たしくて、でも楽しかった。彼がふらっとどこかへ行ってしまうと寂しくて、そのくせ気付いたら傍にいるその気まぐれさを恨んで……本当は分かっていた。彼だけが、私の隣にいてくれた。彼の存在は、私の救いだった。だから……

『黙ってこの手を取れ！　アーリャ！』

だから私はあの時、彼の手を取ったのだ。彼の手を取り、籠の外に飛び出して、私は自分がどれだけ狭い世界で生きていたのかを思い知った。

一人で飛んでいると思っていた空には、他にも多くの人がいたこと。彼らはそれぞれのやり方で、時には一人で、時には協力し合って空を旅していること。それぞれの飛び方にはそれぞれの魅力があって……高く飛んでいる方が優れているだなんて、ただの幻想であったこと。

高く高く飛ばなければ、届かない場所もある。でも、高く飛ぶだけじゃ行けない場所、見えない景色もある。そして……

『アーリャさんの歌、マジ最高っすわ！』

『あのバンド名、すごく気に入ったよ……ありがとう』

『喉《のど》の調子は大丈夫ですか？　練習し過ぎて喉を潰すなんてことはやめてくださいね』

『アリッサもポテチ食べる～？』

勇気を持って踏み出せば、こんな私を乗り物に乗せてくれる人達も、いる。それらは全て、彼が教えてくれた。

でも……彼は決して、ひとつの乗り物にはいつかない。まるで魔法のようにするっと乗り込んだかと思えば、ふらっと乗り物から降りてしまう。気まぐれに乗り物を渡り歩き、空を彷徨《さまよ》う彼。どこにでも行けるはずなのに、どこを目指しているのか摑《つか》みどころがない魔法使い。

何かを抱えているのに、彼は決してそれを見せようとはしない。彼の深いところに触れようとすると、いつも茶化してはぐらかして誤魔化してしまう。それが彼なりの拒絶なのだと思って……私はいつも、踏み込めなくなってしまう。本当は知りたい。もっと彼の心に近付きたいと思う。けれど、彼は気まぐれな魔法使いだから……私が無理に近付いたら、またふらっと離れていってしまう気がして。どうしても、彼に訊《き》くことが出来ない。

ねぇ政近《まさちか》君。あなたは何を求めているの？　何を抱えているの？　いつまで、私の傍にいてくれるの？　あなたにとって、私は……

第1話

こいつらノリノリ過ぎるだろ

「マナポーションとエリクサーひとつずつで～す」

「は～い」

ステージでのクイズ対決が終わった後、政近《まさちか》とアリサはクラスの出し物の手伝いに来ていた。明日は外部客を入れる関係上、実行委員会の方が多忙になる見込みなので、せめて今の内に出来るだけ手伝っておこうと思ったのだ。

「久世《くぜ》く～ん、なかなか似合ってるよ～？」

「はは、どうも……俺は思ったより恥ずかしいんだけどな？」

「全員が通った道だから諦めろ。オレはもう慣れた」

「流石、チーフは面構えが違うぜ……！」

「フッ、ギルドマスターと呼べギルドマスターと」

そう言ってニヒルな笑みを浮かべるのは、ガタイのいい柔道部の男子。そのガッチリとした体にやたらと襟がデカい装飾過多なコートをまとっており、強面《こわもて》な顔も相まって完全に盗賊団の頭領……否《いや》、冒険者ギルドの長といった雰囲気だった。

（一応、元々のコンセプトは喫茶店だったはずなんだが……まあ、コスプレ喫茶ってジャンルだと思えばいいか）

喫茶店要素をまるで感じさせない店内の様子に少しばかり苦笑しながら、政近はクーラーボックスからペットボトルを取り出す。

お客も同じ学園生で人数もそこそこなため、店番も割と気楽なものだ。少し気になるのは……魔法使いのコスプレとして身に着けたローブととんがり帽子が、思ったより暑くて邪魔になることか。

（しゃがむ度に床に擦るし、バサバサたなびいてほこりが立つし……帽子は帽子でつばを引っ掛けそうになるしで、はっきり言って接客には向かんな、これは）

事あるごとに脚にまとわりつくローブに少し顔をしかめつつ、政近は飲み物を注いだ紙コップをお盆に置いた。すると、女騎士のコスプレをしたクラスの女子が、それを席へと運んでいく。

（このクオリティの差よ……）

その背を見送り、政近はなんとも言えない顔になる。マントは安物だし鎧《よろい》と剣も紙と段ボールで作られたものだが、クラスの凝り性な生徒がかなり本気で作り込んだらしく、鎧のクオリティはなかなかのものだ。政近は精々子供の仮装といった感じだが、あれなら十分コスプレで通用する。おかげで、政近は微妙に肩身が狭かった。さっきの柔道部員？あれはコスプレっていうかもはやそういう人。

（まあ、キッチン担当だから別にいいけどさ……ところで、アーリャはいつになったら来るんだ？）

シフトの時間は一緒だったので、アリサも政近と一緒に教室に来た。しかしその直後、アリサは待ち構えていたクラスの女子三名にドナドナされて行ってしまい、もうかれこれ十五分以上経《た》つのにまだ戻って来ていないのだ。

（もうだ～いぶシフトの開始時間過ぎてるが……いいのか？　まあ、今の感じなら全然回せるけども）

教室内を見回せば、お客として訪れた生徒が、飲み物片手に難しい顔で話し合っている。

「たぶん、ベースはジンジャエールだと思うんだけど……なんだろこれ。どっかで飲んだことあるんだけどなぁ」

「これ……もしかしてココアが入ってたりするか？　なんか懐かしい味するんだけど……」

「ねぇ、なんか遠くで梅干しっぽい味がするんだけど……気のせい？」

「え、マジ？」

彼らがやっているのは、それぞれの飲み物のレシピ当てだ。当初の企画では飲み物を提供するだけだったが、ある男子の発案でメニューの裏面に何を配合したのか書いておき、飲みながらそれを当ててもらうようにしたのだ。当てたところで特に景品などはないが、この様子を見るに結構盛り上がっているらしい。

当然、こんなことをすれば客が長く居座るようになり、店の回転率は落ちる。しかし、元よりあまり人手のいらない企画を目指していたので、それは大した問題ではなかった。

（別に優秀賞も特別賞も狙ってないしな……こんくらいがちょうどいいや）

優秀賞というのは、生徒と来場者によるアンケートで、一番人気があった企画に送られる賞。特別賞は、一番売り上げを上げた企画に送られる賞だ。中にはこれらの賞を本気で狙うクラスや部活もあるが、今回政近たちのクラスはスルーの構えだった。

（そもそも特別賞に関しては、親のコネとか使って馬鹿みたいに豪華な出店するとこには絶対勝てないし……）

政近がそんなことを考えていると、おもむろに教室の扉がガラガラと開いて……エルフさんが入って来た。

「ふぁ？」

思わず、アホみたいな声を上げてしまう政近。しかし、それは政近だけではなく。教室内にいた生徒は、客も店員も一切関係なく、突如現れた異世界の住人にポカンと呆《ほう》けた顔をしていた。

「はい、お待たせ〜！」

そこで、エルフさんの後ろでその背中を押していた女生徒が、楽しげな声を上げる。見れば、それは先程アリサをドナドナして行った女子の一人だった。その後ろから、アリサを拉致った女子が二人現れ、教室内の反応に愉快そうな顔をする。

「アッハッハ、いい反応〜」

「手間を掛けた甲斐《かい》がありました……！」

「めっちゃ頑張ったもんね……」

なんだかやり切った感を漂わせる女子三人組。その前で困惑と羞恥が混ざり合った表情を浮かべるエルフさんに、政近は恐る恐る近付いて声を掛ける。

「……アーリャ？」

政近の言葉に一瞬振り向き、すぐにパッと顔を背けるエルフさんことアリサ。その銀髪の間から突き出した耳は長く尖《とが》っており、白と緑を基調としたワンピースドレスに身を包んでいる。コスプレとしてはそのくらいで、特に化粧などをしている様子はないが……ただでさえ浮世離れした美貌を持つアリサが、そんな格好をしてしまうと……

（いや、本格的に人間に見えん）

もはや、エルフにしか見えなかった。ただでさえ〝日本人が親しみやすい外国人顔〟という、二次元の住人《オタクの理想》みたいな顔をしているというのに。そこへ耳を尖らせて異世界風の衣装を着ては、もう完全にエルフだった。こんな綺麗《きれい》過ぎる女の子が人間なわけないんよ。

【勇気を持って踏み出したら……異世界に着いたんだけど……】

と、伏し目がちにちょっと遠い目をしたアリサのシニカルなロシア語が耳に届き、政近は我に返った。軽く咳払《せきばら》いをして、改めてアリサに声を掛ける。

「っと、よく似合ってるな……すごい、綺麗だ」

政近がそう言った途端、アリサをドナドナした女生徒三名が「フゥ～♪」とからかうような声を上げる。が、すぐに教室内にいた生徒が客と店員の区別なくワッと寄って来て、彼女らはとっさにガードに回った。

「うわぁすげぇ！　マジでエルフじゃん！　リアルエルフ！」

「これはずるいわ……こんなん日本人絶対勝てないじゃん」

「ちょ、ちょっと写メ撮っていい⁉　一枚だけでいいから！」

我先にと群がる男子の前に立ちはだかり、三人組はチンピラのような表情で威嚇する。

「おらぁ近付くんじゃねぇ！」

「ほら撮んなよ！　金取んぞ！」

「コスプレの鉄則知らねぇのか！　許可なしの撮影は一発退場だぞボケ共が！」

……一応、彼女らも良家の息女のはずなのだが。いつもは断じて、こんな口調で話す子達ではないのだが。アリサのこの姿を見るに、もしかしたらコスプレに関しては並々ならぬこだわりがあるのかもしれない。

（って、あれ？　もしかしてこの三人全員手芸部か？　あぁ……だったら納得だ。あそこ、結構情熱的……というか、熱狂的な人多いし）

過去にあった手芸部とのあれこれを思い出して、政近は少し遠い目になる。すると、アリサが恥ずかしそうに耳を手で隠しながら、チラッと政近を見た。

「あ、あんまり見ないでよ……恥ずかしいから」

「……いや、そのクオリティで恥ずかしがられたら、俺はどうなんだって話になるんだが」

その言葉に、アリサも政近のとんがり帽子とローブを見やり、少し口角を上げる。

「まあ……いいんじゃない？」

「すっげぇ馬鹿にしてないか？」

「そんなことないわよ？　それで先端に星の付いた杖《つえ》を持ったら完璧じゃない」

「お遊戯会じゃねぇんだわ」

政近のツッコミに、アリサは口元に手を当ててくすくすと笑いを漏らす。その柔らかな笑みに、興奮気味に集まっていた男子達が魂を抜かれたようにぽかんと口を開けた。

「ア、アーリャ姫が笑ってる……」

「え、かわいっ」

「あれ、〝孤高のお姫様〟っていうからもっとクールなのかと……普通に笑うじゃん」

「いやいや先輩！　あれはレアですよだいぶ!?」

一瞬の沈黙の後、溢《あふ》れ出す呆然《ぼうぜん》とした声と驚きの声。それらに少し面食らった顔をすると、アリサはむっと眉根を寄せ、表情を取り繕ってしまう。途端、「あぁ……」と残念そうな声を上げる男子勢を、手芸部三人娘がしっしっと追い払いに掛かった。その光景を横目に、アリサは自分の体を見下ろしながら呟《つぶや》く。

「そもそも私、エルフってよく知らないんだけど……どういうキャラクターなの？」

「キャラっていうか種族だな。ファンタジー世界に登場するテンプレ種族のひとつ。森の中で自然と共に生きる耳の長い種族で、男女共に美しく、数百年生きるくせに外見上の成長は二十代くらいで止まるっていうご都合体質。で、大体プライドが高く閉鎖的で、あまり人間とは仲が良くない」

「……そう」

答えるアリサの声が少し沈んでいることに気付き、何気なく説明していた政近はハッとした。背後の手芸部三人娘をチラッと窺《うかが》い、小声で口早にフォローを入れる。

「あ、や……別に、お前の性格がエルフっぽいとかで、そのコスプレが選ばれたわけじゃないと思うぞ？　単純に、美しい異種族の代表格が、エルフだったってだけで……大体、エルフは菜食主義者で金属を嫌うって設定があったり弓の名手とかいう一面もあったりで、そこはお前とは全然違うしそもそも――」

「……？　何よ」

急に口を噤《つぐ》んだ政近に、アリサが怪訝《けげん》そうな目を向ける。その目から逃れるように視線を逸《そ》らしつつ、政近はとっさに誤魔化した。

「いや、そもそも……エルフは、淡い金髪がテンプレだし？　だからホントに、深い意味とかはないと思う、ぞ？」

自分でも結構苦しい誤魔化しだと思う。だが仕方ない。流石に、「古き良き王道エルフは全員スレンダー体形だし！」とは言えなかった。ましてやグラマラスなエルフは俗にエロフとか呼ばれている……なんてことは当然言えなかった。

（まあ、エルフは弓の名手だし……そういう意味でも胸があると、ね？）

「……何か、変なこと考えてない？」

「いや？　なんで？　っと、そろそろ落ち着いてきたし、仕事を再開するか」

そうしてナチュラルに顔を背けると、政近は持ち場に戻る。その背に疑わしい目を向けつつ、アリサも入り口で客寄せに回った。が……

「えっ、エルフさん⁉」

「ちょ、ちょっとこっちこっち！　マジでやばい‼」

「うっわぁすっご」

「す、すみません、写真撮っていいですか⁉」

一分も経たない内に廊下に渋滞が発生してしまい、アリサは三人娘に回収された。すると、渋滞がそのまま入店待ちの列へと変わり、店内は一気に修羅場と化す。

「一気に人が増えたな……ギルマス、どうする？」

政近がチーフ改めギルマスにそう問い掛けると、ギルマスは余裕たっぷりに笑って言った。

「……どうしよう」

「おい⁉」

「えっと、とりあえずテイクアウトをありにするか……？」

「紙コップに付ける蓋なんてないし、そもそも全員アーリャ目当てなんだろうから無駄だろ」

「あ、そっか蓋がいるか。こぼれるもんな……えっとじゃあ、席を増やすか？」

「それより先に、列の整理と時間制限を設けるべきじゃないか？」

「久世！　任せた！」

「おぉい‼」

躊躇《ちゅうちょ》ない丸投げに政近がツッコむと、ギルマスは優しい瞳で政近の肩に手を置く。

「久世……今日からお前が、副ギルド長だ」

「おっとさてはこのギルマス冒険者上がりだな？　腕っぷしは強いけど事務仕事できないやつだな？」

「よろしくサブマス！」

「「「よろしく‼」」」

「お前らぁ！」

ギルマスに乗っかって即座に管理職を押し付けに掛かるクラスメート達を、政近はギロンと睨《にら》み回すが……全員揃いも揃って知らん顔。アリサまでもが、若干気まずそうな表情で視線を逸らしていた。

（おい生徒会長候補。……いやまあ、こういうのは俺向きか）

そう思い直し、政近はクラスを仕切り始める。

「それじゃあ、当面は席着いてから十分で退席ってことで……列整理担当に、その旨書いたプラカードも持たせて、ってお～いそこの元凶三人。逃げるな～？　責任取って手伝ってけ〜？」

何やら「え？　私らこの時間帯店番担当じゃないですけど？」とでも言いたげな顔でそそくさと出て行こうとする手芸部三人娘を呼び止め、一人を列整理担当、一人を時間管理担当、一人をアリサのガード担当に回す。

「え、時間管理って……タイマーとかないの？　一人で六席を、スマホ一台で管理するのは……」

「普通に席着いた時間を記録すればいいじゃん」

「まさかの超アナログ！」

そうして多少のごたつきはありつつも、クレームが上がる前に接客方法を再構築した。もっとも列に並んでいる生徒も、並びながら廊下側の窓からアリサのことをガン見しているので、クレームなど上がりようがなかったかもしれない。

「よぉ久世。なんかすごいことになってるな」

「ああ、どうも。バスケ部の集まりですか？」

「おう、一緒に休憩に入っててな」

声を掛けてきた顔見知りの上級生に、政近は帽子を押さえながらあいさつをする。すると、一緒に席に着いたバスケ部の面々が、親しげな笑みを浮かべて政近に声を掛けた。

「見てたぞ〜さっきのクイズ対決」

「なかなかすげぇ勝負だったな！　最後に逆転した時は思わず声出しちまったぜ」

「ありがとうございます」

「九条《くじょう》さんもかっこよかったよ！」

「えっ、あ、ありがとうございます」

突然の呼び掛けに、接客に動いていたアリサは目を白黒させる。そんなアリサのぎこちない会釈を気にした様子もなく、バスケ部の面々は熱っぽくクイズ対決の感想を語った。

「いや、マジですごかったよ。オレなんか普通にクイズ解いてたけど、半分も当てらんなかったもん」

「そ～そ。こいつさ～自信満々に勝負持ち掛けといて、一人負けしてんの。おかげでここの会計もこいつ持ち」

「九条さんはステージの上であんだけ正解したんだもんな。やっぱすげぇよ」

「いやホント、改めてクイズ対決の勝利、おめでとう！」

そう言って一人が拍手し始めると、同卓の男子が指笛や拍手でそれに続く。それに釣られて他の席の生徒も拍手や祝福の声を上げ始め、やがて教室中が拍手と歓声で埋め尽くされた。

「あ、えっ、と……」

突然全方位から好意的な視線を向けられ、アリサは数瞬たじろいだ後、無言で頭を下げる。完全に反応に困った様子で、肩をすぼめながら繰り返し頭を下げるアリサ。ステージ上の凛々しい（りり）姿からは打って変わったその初々しい姿に、教室内にほんわりとした空気が生まれた。

「……なんか、九条さん雰囲気変わったか？」

「だよな？　オレあんまあの子のこと知らないけど、なんか、思ったより親しみやすそう？」

「……アーリャは、前からあんな感じですよ。あの容姿のせいで、今までは周りが遠慮しちゃってただけです」

「あ、そうなの？」

「ええ。それもあってあいつ自身も決してコミュ力が高いわけではないですけど、普通に話せば普通に会話成立しますよ？」

政近のさり気ないフォローに、バスケ部の面々は意外そうに頷《うなず》く。

「へ〜そうなのか。てっきりコミュ力お化けのお前が例外なのかと」

「誰がコミュ力お化けやねん」

「お前だお前」

「マジで誰とでも仲良くなれるもんなお前」

「先輩にタメ語でツッコむしね」

「あれぇ？　俺、何かやっちゃいました？　って、痛い痛い」

渾身《こんしん》のきょとん顔を披露した途端、先輩方に無言で小突き回されて、政近は厨房《ちゅうぼう》（という名のドリンク置き場）に逃げる。するとその数分後、にわかに廊下がざわついた。

飲み物を用意しながらなんとなくそちらを気にしていると、間もなく騒ぎの原因が入り口に現れる。

「あら……皆さん、本当によろしいのですか？　なんだか申し訳ないです……」

「どうぞどうぞ！　むしろ僕らはここで見てたいので！」

列に並んでいた生徒達に前へ前へと押し出されたのは、袖や襟にフリルの付いたミニ丈の浴衣に身を包んだ有希《ゆき》だった。大きな髪飾りでサイドテールにされた黒髪が、そのいっそあざといほどに可愛らしい衣装ととても合っている。

そんな、さながらドール人形のような姿の有希と、さながらフィギュアのような姿のアリサが、ご対面。つい先程ステージ上で熱戦を繰り広げた二人の対峙《たいじ》に、教室にざわりと緊張が走る。

凄《すさ》まじい密度の視線が集まる中、先に口を開いたのは有希。

「まあアーリャさん。とっても綺麗《きれい》ですね。まるで妖精のようです」

「ありがとう……有希さんも、とてもよく似合っているわ」

「本当ですか？　ありがとうございます」

「それは出し物の衣装？　有希さんのクラスは、たしか縁日風の出し物だったわよね？」

「そうなんです。着替えるのも手間なので、クラスの宣伝も兼ねて着てきちゃいました」

特に確執は感じられない、むしろ親しげな会話。しかし、その二人のやりとりを周囲は固唾《の》を呑んで見守っていた。

そんな周囲の視線に気付いているのか……いや、気付いているのだろう。むしろ周囲に見せつけて聞かせるように、有希はアリサに笑顔で話し掛ける。

「それにしても、先程はよい対決でしたね。まさか最終問題で逆転されるだなんて……わたくしは負けた側ですが、とてもドラマチックでした」

「え？　あ、ああ……そうね？」

反応に困った様子で、アリサは曖昧に頷いた。勝者として、敗者である有希にどういう態度で接すればいいのか分からないのだろう。そんなアリサの内心を見透かしたように、有希はくすりと笑う。

「もう、そんなに気まずそうな態度を取られてしまっては、わたくしも困ってしまいます。お互い正々堂々とベストを尽くした結果なのですから、素直に誇ってくださいな」

「う、うん……」

そうは言われても、敗者を前にして誇ることなど出来るはずがないだろう。曖昧に頷くアリサに対して、気にした様子もなく微笑む有希。ここだけ見ると、どちらが勝者でどちらが敗者か分からなくなってしまいそうだった。そして、実際有希の思惑はそこにあるのだろう。

これはあらゆる競技に共通して言えることだが、敗者でありながらも好感度が上がる試合後の対応とは、潔く敗北を認めて勝者を称《たた》えることだ。

逆に負け惜しみを吐いたり、露骨に悔しがって対戦相手との握手に応じないとかは最悪だ。有希もそれが分かっているからこそ、対決が終わって早々に自分からアリサに会いに来たのだろう。

（ついでに負けてなお余裕たっぷりな態度を見せつけて、大物感をアピール……ってとこか。この一対一は少しアーリャには荷が重いかな）

かと言って、ここで政近が露骨にアリサのフォローに回れば、それは逆にアリサの株を下げてしまうことになりかねない。なので、政近はこの流れを一旦切るべく、二人ではなく時間管理担当の女生徒に声を掛ける。

「三番席、もう時間じゃないか？」

「え？　あ、ほ、ホントだ。あの、すみません。お時間なので席を譲っていただけますか？」

すごく気になるところで退席を促され、三番席に座っていた生徒達は「そんな～」と不満げな声を上げつつも、渋々席を離れた。そこにすかさず女騎士さんがササッと片付けと机拭きをし、有希を席に案内する。

「ありがとうございます。あの、アーリャさんに接客してもらっていいですか？」

「あ――」

「もちろんいいです！　むしろ一緒に座って！」

「え？」

アリサの返事を遮り、隣のガード担当の女子がガッと有希の隣の椅子を引くと、半ば強引にアリサを座らせる。なんだか、お得意様に指名された新人の娘に、酌をするよう勧めるクラブのママみたいになっていた。

「ほう……ふつくしい」

そうして強引に二人を並んで座らせて、何やらうっとりとするやりたい放題の手芸部三人娘。しかし、うっとりとしているのは彼女らだけではなく、教室内の、そして廊下の生徒も、並んで座る絶世の美少女二人に一様に視線を奪われていた。

「あの、私仕事――」

「そんなのわたしがやるから！　周防《すおう》さん、飲み物どれにしますか？」

アリサの言葉を遮り、ガード担当の子が有希にメニューを示す。すると、有希はメニューを一瞥《いちべつ》してから、ニコッと笑みを浮かべて言った。

「そうですね……ミルクを一杯もらえますか？」

その瞬間、政近とアリサを除くB組の生徒の間にピリッとした空気が走った。

突然の謎の緊張感に政近が目を瞬かせる中、ギルマスがゆっくりと有希の前に移動し、テーブルに手をつくと凄《すご》みの利いた声を出す。

「お嬢ちゃん……ここは酒場だぜ？　ミルクが欲しいんなら帰ってママのミルクでも飲んでな」

「いや、酒場ではねーだろ……？」

謎展開についていけない政近の小声のツッコミを余所《よそ》に、有希は笑みを浮かべたままギルマスを見返した。ガタイのいいギルマスと向き合うとその小柄さが際立つが、臆した様子は全くない。

「母は、月の綺麗な夜に亡くなりましたの」

「いや、死んでねーし……」

これまた小声でツッコむ政近だったが、ギルマスは有希の返答にフッとニヒルな笑みを浮かべると、教室後方のロッカーから何やら木箱を取り出した。それを有希の前に置くと、ギルマスは自らもドッカと椅子に腰を下ろす。

そして、もったいぶった動きで木箱を開けると、そこには凝った装飾の施された一本のガラス瓶が。

「これはまた可愛らしいお客さんだ……いいぜ、これがアンタの望みの品だよ」

「ちょっと待てや」

聞いてない展開と見たことない瓶に、堪《たま》らず政近はギルマスの肩をガッとした。うん、デカい襟がすっごい邪魔。

「え、なにこれ。ねぇなにこれ」

「おいおい久世……異世界の酒場が、裏の顔を持ってるのはお約束だろ？」

「だから酒場じゃねーし」

ギルマスに合わせて「ふーやれやれ」と言わんばかりに首を振るクラスメート達を睨《にら》んでから、政近はアリサの表情を窺《うかが》い、アリサが自分と同じ側《知らされていない》であることを確認する。

「というか……この前の試飲会の時といい、俺とアーリャにだけ詳しい話聞かされてないのマジでなんなの？　まさか生徒会に知られたらヤバいもんでも扱ってんじゃないだろうな？」

「そんなわけないだろ？　もちろん合法だよ合法」

「まだ法で禁じられてないだけのブツを扱ってる奴に限ってそう言うんだよ！　っていうか、まずヤバいものであることを否定しろよ！」

「危険物ではない」

「何ブツではあるんだよ」

「動物？」

「動物⁉」

　ますます謎が深まるブツだったが、政近は一旦その疑問は置いておいて、有希に目を向けた。

「というか、俺も知らないさっきの合言葉？　を、なんでお前が知ってるんだ？」

「噂で聞きまして。ここでその合言葉を言うと、不思議な飲み物が飲めると」

「……あ、そう」

　交友関係が広い有希のこと、どこかでその噂を拾ったのだろう。それはまあいいとして、やはり気になるのは本当に害のない飲み物なのかどうか、だ。なんせ、政近自身が試作段階の飲み物でえらい目に遭ったので。

「おいギルマス、本当に変な副作用とかないんだよな？」

「さて、それは自己責任かな。オレは求められたものを提供するだけ——」

裏ギルドの長《おさ》としてのムーブを崩さずそう答えるギルマスに、政近はその肩にギリッと指を食い込ませながら再度問う。

「害は、ないんだよな？」

「あ、ハイ。害はないデス」

ギルマス、過保護お兄ちゃんの圧に屈服。

素の表情でコクコクと頷くギルマスをしばし探るような目で見つめ、政近はようやく肩から手を放した。

すると、ギルマスは木箱に入っていたショットグラスに瓶の中身を注ぎ、有希の前に置く。そして、咳払《せきばら》いをしてキャラを作り直すと、もったいぶった口調で言った。

「さあ、これがうちの裏ドリンク……アムリタ、だ」

一見、水にしか見えない透明な液体だ。何をどう配合したらこの透明度が出るのか、皆目見当がつかない。

政近だけでなく、アリサも怪訝《けげん》な表情をする中、有希はショットグラスを手に取ると、

「いただきます」

そう言って、思い切りよく一口で中身を呷《あお》った。そして、カッと目を見開く。

「これは……っ！　雄大な秋空を思わせる香り、大地の恵みを凝縮したかのようなふくよ

かさ、一言で表すならそう――」

空のショットグラスをまじまじと見つめながら、有希はたっぷりと間を置いてから呟《つぶや》く。

「無」

「無なのかよ」

「無」

無だったらしい。

◇

「わたくしはしばらく休憩時間なんですが、アーリャさんはいつから休憩に入られるのですか？　よかったら一緒に回りません？」

「えっと、私は――」

有希の問い掛けに、アリサが答えるよりも早く。手芸部娘がまたしても口を挿《はさ》んだ。

「外回るの!?　だったら九条さん、その格好で宣伝して来てくれない？」

「ぶっちゃけ廊下が完全に渋滞になっちゃってるからさ。早めの休憩時間ってことで。周防さんも一緒なら宣伝効果バッチリ！　あ、なんだったら久世君も一緒に」

「いいですよね？　ギルマス」

「え、いやぁ――」

女子として見せてはいけない顔で強引に許可を引き出した三人は、続いて政近に顔を向ける。

「ウン、イイヨ！」

「「「あ？」」」

「というわけで、久世君ももうちょっとしっかりコスプレしよっか。せっかくだし」

「え、まだなんか他にあるのか？」

「うん。貴族とオーク、どっちがいい？」

「どっちもエルフと混ぜるな危険じゃねぇか！」

「まあまあ、とりあえず行ってから考えましょう」

あれよあれよという間に政近が連れていかれ、アリサと有希が取り残された。相変わらず周囲から向けられる熱い視線に少し気まずさを覚えつつ、アリサは有希に問い掛ける。

「まあ、なんか一緒に回れることになったみたいだけど……どこか行きたいところとかはあるの？」

「そうですね……お友達のクラスをいくつか。アーリャさんは行きたいところありますか？」

「私はそんなに……」

「そうですか？　あっ、そう言えばマーシャ先輩と更科《さらしな》先輩のクラスは、マジックバーをやってるみたいですけれど」

「あぁ……」

　有希の言葉に、アリサは少し皮肉げに笑う。

「更科先輩はともかく……マーシャにマジックなんて出来るのかしらね？」

「ふふっ、たしかにイメージはありませんね。マーシャ先輩が鮮やかにトランプをカットする姿とか、あまり想像できないです」

「のんびりしてるものね、マーシャ」

「そこはせめて、おおらかと言って差し上げては？」

　身内だからこその容赦ない評価に、有希は少し困ったように言った。それに軽く肩を竦《すく》め、アリサはふと思い出したことがあって、周囲を窺ってから気持ち小声で尋ねる。

「有希さんのとこは……どうなの？」

「え？」

「お兄さんがいるって、前に言ってたじゃない？　どんな人なのかなって」

　何気なくそう訊《き》いてから、アリサはハッとした。有希の兄は家を出て、今は離れて暮らしていると聞いている。どういう事情があるのかは知らないが、もしかしたら軽々しく踏み込んではいけない部分だったかもしれない。

「あ、その、言えたらでいいんだけど……」

　慌ててそう付け加えるアリサに、有希は安心させるように微笑む。

「ふふっ、別にそんなに気を遣わずとも大丈夫ですよ？　わたくしとお兄様の関係は非常に良好ですし」

「そ、そうなの」

「ええ。そうですね……どんな人、ですか……」

小首を傾げ、斜め上辺りに視線を彷徨《さまよ》わせてから、有希は口元に手を当てて含み笑いを漏らす。そして、アリサの顔を横目で見上げながら言った。

「そうですねぇ、とっても可愛い人ですよ？」

「か、かわいい？」

「ええ、アーリャさんもきっと気に入ると思います」

「えぇ〜……」

てっきり〝優しい人〟とか〝頼りになる人〟とかいう評価が出て来ると思っていたアリサは、全く予想外の人物評に頰《ほお》を引《ひ》き攣《つ》らせる。

（可愛い……男なのに、可愛いって……）

アリサの脳内に、〝可愛い系男子〟として売り出しているアイドルの顔がいくつか思い浮かぶ。男女問わずしっかりと自立した人を好むアリサからすると、彼らのあざとく媚《こ》びたように見える振る舞いは、むしろ苦手な部類なのだが……

（いや、にしても妹に可愛いと言われる兄って……）

続いてアリサの脳に浮かんだイメージは、有希と同様に小柄で華奢《きゃしゃ》な、チワワのような少年。頼りなげにぷるぷるしている少年が有希にからかわれている光景を想像し、アリサは少し顔をしかめた。

あざとい系か、情けない系かは分からないが、どちらにせよアリサの好みからは大きくかけ離れていると思ったのだ。

(有希さんには悪いけど……とても、仲良くなれそうにないわね)

もっとも、有希の兄と会う機会などそうそう訪れないだろうし、問題はないだろう。そう考え、アリサは曖昧に笑った。

「まあ、仲がいいのはいいことよね」

「ええ、いつかアーリャさんにも紹介できるといいのですけれど」

「そう、ね……楽しみにしておくわ」

精一杯の社交辞令を絞り出すと、有希は意味深に笑みを深める。その笑みに、なんだか社交辞令を見抜かれたような心地がして、アリサはさり気なく視線を逸《そ》らした。

(それにしても、有希さんは可愛い系男子が好きなのかしら？　……私には理解できないわね)

有希のどこか笑みを含んだ視線に気付かない振りをしながら、そんなことを考えるアリサ。と、そこで、

「お待たせ～」

折よく政近を連れて行った女生徒の声が聞こえ、アリサはこれ幸いとそちらに顔を向けた。

すると、目に入ったのは赤いかぼちゃパンツ。七分丈の、かぼちゃパンツ。

「ぷふっ」

「くっ」

「ねぇ〜やっぱりこうなるじゃ〜ん」

とっさに口元を隠して顔を背けたアリサと有希に、さながら絵本に登場する王子様のような格好をした政近がげんなりとした顔をする。すると悲壮感と共にますます場違い感が増して、アリサと有希は笑いを堪えられなくなった。

「フくっ、ふっ、いえっ、似合ってる、とほもッ、思いますよ？」

「滅茶苦茶《めちゃくちゃ》バカにしてんじゃねぇか。もう少し上手《うま》く取り繕え」

「そんなことはクッ、ない、ですよ？　ねぇアーリャさん？」

「そ、そう、ね」

有希に話を振られ、アリサもそろっと政近の方を見て……さっきよりもお遊戯会感が増したつんつるて〜んって感じの見た目に、バッと顔を背ける。

「〜〜〜〜っっ‼」

「おいやめろ！　流石の俺も少し傷付くぞ！　オイコラそこぉ！　今写真撮ったか⁉」

顔を赤くしながら周囲にギロンと目を向ける政近だったが、格好が格好だけにわがまま王子様が癇癪《かんしゃく》を起こしているようにしか見えない。その姿にますます笑いを誘われつつ、アリサは悪戯《いたずら》っぽく笑って呟いた。

【か〜わいい♡】

第2話 発勁はオタクのロマン

「それでは、まずどこに行きますか？」

有希《ゆき》の言葉に、改めて魔法使い見習いのコスプレに戻った政近《まさちか》は答える。

「俺はどっか食べ物系に行きたいな。俺まだお昼ご飯食べてないんだよね……アーリャもだよな？」

「え？　ええ……」

時刻はもう十四時半を過ぎているが、政近とアリサはまだ昼食を済ませていなかった。クイズ対決の前は実行委員の仕事が忙しかったし、クイズ対決を終えた後は後で、その興奮と緊張の余韻が残っていてあまり食欲が湧かなかったのだ。

「そうですか。わたくしもクイズ対決の後に軽くお腹《なか》に入れた程度なので、どこかしっかり食べられるお店に行きましょうか」

「ってなると……やっぱりあそこか？　ちょっと並んでるけど」

政近が視線を向けた先にあるのは、すごい存在感を放つ一年D組とF組の合同企画。なんと、D組からF組までの三教室を使ったメイド喫茶である。F組の教室が更衣室兼調理室になっていて、Ｄ組とＥ組の教室がホールとなっていた。ちなみに、Ｅ組はどこに行ったのかと問われれば、校庭の方で露店企画を出している。これに関しては、どっかの女王様が「メイド喫茶やるならさやっちも一緒じゃないとイヤ～」とわがままを言った結果、Ｅ組が学園の女王様と討論会の女王様の圧力に屈して追い出された～とかいう噂があったりなかったり。特にＥ組から陳情などは上がってきていないため、あくまで噂だが。

「いいですね。わたくしも、少し気になっていました」

「私も構わないわ」

二人の同意を得て、政近は順番待ちの列に並んだ。昼飯時を過ぎていたことが幸いしたのか、それほど待つことなく順番が回ってくる。

「おかえりなさいませご主人様、お嬢様」

「お、おう」

列整理兼呼び込み係を務めている、結構可愛いメイドさんに恭しく頭を下げられ、政近は予想以上の本格さに少し面食らった。

「政近君、顔がゆるんでますよ？」

「いや、そんなことないだろ」

【だらしない……】

（反論できない罵倒やめて）

すかさず両側から指摘が入り、政近は少し不安になって口元を手で押さえる。すると、目の前のメイドさんがくすくすと小さく笑った。

（あ、やべ）

手の下で、口元が自然と笑みを作るのが自分で分かってしまった。

（あれ？　なんだこれ。もしかして……俺、思ったよりメイドさんに弱いのか⁉）

普段から綾乃《あやの》という本職メイドで、メイドというものには慣れていると思っていたのだが……どうやら、それは勘違いだったらしい。

（ま、まずいぞ……入り口からこれじゃあ、中に入ったら俺、キモオタみたいにデレデレしちまうかもしれん。よりによってこの二人の前でそれは、やば過ぎるだろ！）

有希には一生からかわれるだろうし、アリサには思いっ切り侮蔑の目を向けられるだろう。政近が予想外の危機感に襲われる中、笑みを収めたメイドさんがＤ組の教室を手で示す。

「どうぞこちらへ。ちなみに、隣の教室に移動される際には席料として二百円頂きます」

「あ、ハイ」

可憐《かれん》なメイドさんの口から放たれたなかなかにエゲツい商法に、政近は思わず笑みが引っ込んだ。

見れば二つの教室の廊下側の窓は完全に暗幕で覆われており、中の様子は窺《うかが》えない。つまり、中にどんなメイドさん達がいるのか全く分からない。もし案内された教室に目当てのメイドさんがいなければ、お金を払って隣の教室へ……ということのようだ。エグイ。

（うん、よし。笑みは引っ込んだ、うん、イケる）

なんとか気持ちを立て直し、政近は引き戸の前に立つ。たとえどんなメイドさんが来ようと、だらしない顔はしないよう、気持ちを整えて……引き戸を開ける。

「おかえりなさいませぇ～♡　ご主人様♡　お嬢様♡」

シャラララ～ン♪　という効果音が付きそうな、それはもう完璧なお出迎えを披露してくれる美少女メイドさん。高い位置にあるお尻を包むふんわりとしたミニスカート。そこから伸びるスラリと長い白い脚。ゆるくウェーブの掛かったツインテールという少し子供っぽい髪型が、その無邪気な笑顔によく似合う。本物のメイド喫茶でもそうそうお目に掛かれないであろう、物凄《ものすご》い美少女メイド。これには、流石の政近も思わず、

「うぅっわ」

ドン引きだった。なぜなら乃々亜《ののあ》だったから。以上。

「？　どうかなさいましたか？　ご主人様♡」

「こっちのセリフだこっちの」

いつものキャラとはかけ離れた振る舞いをする乃々亜に、政近は頬《ほお》を引《ひ》き攣《つ》らせながらツッコむ。

「あらぁ～ステキなエルフのお嬢様まで。とってもお似合いですよ♡」

「あ、うん、ありがとう？」

アリサですら、驚きに目を見開いて若干引いていた。

「お迎えありがとうございます。乃々亜さん、とってもお似合いですよ？」

一方、お嬢様モードの有希はこの程度では動じない。楚々《そそ》とした笑みを少しも崩すことなく、淀《よど》みなく乃々亜を褒めた。すると、乃々亜は両手の指を絡めて顎に当て、身をくねらせて恥じらう。

「えぇ～ホントですか～？　嬉《うれ》しいですぅ♡」

……これまた、キャハ♡　という効果音が付きそうなあざとさで。

「おっ、ブ」

「……」

政近、あまりの不気味さに胸焼け。アリサ、普段とのあまりのギャップに思考停止。しかし、乃々亜はバンド仲間のそんな反応を気にした様子もなく（実際気にしていないのだろうが）、パチンと見事なウインクをしながら三人を席に案内した。

「あ、あのっ、こっち注文いいですか⁉」

「あっ、は～い♡」

すると、政近たちが席に着いてすぐに別の席に呼ばれて、乃々亜はそちらに向かう。どうやら乃々亜のキャラに違和感しか感じていない政近たちは極少数派らしく、教室内の他の男性客は残らず乃々亜に心奪われているようだった。注文を受けている最中も、あちこちから乃々亜の細い腰やらスカートの裾から覗《のぞ》く白いふとももやらに視線が集まっているのが分かる。

当然乃々亜もそれには気付いているだろうが、曲がりなりにもモデルの仕事をしているだけはあるということか。見られることにはすっかり慣れた様子で、平然としていた。それどころか、

「も～ぅ、ご主人様？　どこを見てるんですか？」

「あ、やっ、ど、どこも……」

悪戯っぽく、「めっ」をする余裕すら見せていた。本気で咎《とが》めているわけではないと分かるその指摘に、テーブルの男子達は気恥ずかしそうにしながらもデレデレと口元を緩める。

「怖《こ》っわ」

そして政近は再度ドン引き。そこへ、乃々亜の秋葉ぁなメイド服とは打って変わって、クラシカルなメイド服をまとった女生徒が近付いてきた。

「ご注文はお決まりですか？」

そちらを見て、思わず政近の口からひとつの称号が衝《つ》いて出る。

「おっ、メ、メイド長……」

「？　メイド長ですが何か？」

三人のコスプレを気にした様子もなく、少し片眉を上げながら眼鏡のテンプルを持ち上げるのは沙也加《さやか》。周りのメイドと違って、媚《こ》びた雰囲気が欠片《かけら》もない接客態度。飾り気の少ないロングスカートのメイド服に冷徹な光を放つ眼鏡が、並のメイドとは一線を画す貫《かん》

緑《ろく》をまとっていた。

「ご注文は？」

「えっと、じゃあこの〝メイドの愛情たっぷりミートソース〟で」

「当店のオススメはカレーライスとなっております」

「は？」

「オススメはカレーライスです」

メイド長、まさかのやんわりとした注文拒否。思わず頰を引き攣らせながらも、仕方なくそのオススメに従おうとして――

「……って、パスタは調理が面倒だからだよな？」

「おや、バレましたか」

「バレるわ。食品系のチェックをしたの誰だと思ってんだ」

学園祭での食品提供に関しては保健所からの指導が入るため、調理工程に問題がないか事前に全てチェックされている。政近もそのチェックに携わっていたので知っているのだが、カレーライスはレンチンしたレトルトご飯にカレーを盛るだけで済む一方、パスタは乾麵を茹《ゆ》でなければならないので少し手間が掛かるのだ。あとまあ単純に……カレーライスの方が、原価率が低い。というかぶっちゃけ、

「いや……カレー、高くね？　手作りにしても、学園祭で千円て」

いくらお金持ちの生徒が多い征嶺学園《せいれいがくえん》の学園祭とはいえ、一品で四桁円というのはなか

なか見ない。これが超高級なコーヒーとかならいざ知らず、いくら〝メイド〟の〝手作り〟という付加価値が付いていようがカレーはカレーだ。料金設定としては攻め過ぎとしか言いようがない。が、このメイド長が無策でこんな金額にしているはずがなく。

「よく見てください。そちらはメイドとのツーショットチェキが当たる抽選付きです」

「ツーショットチェキ？　ああ……」

政近自身はメイド喫茶というものに行った経験がないが、お店によってはポイントを集めるとチェキを撮ってくれるという話は聞いたことがあった。カレーライスに抽選が付いているというのは、むしろどこぞのアイドルの握手券を彷彿《ほうふつ》とさせたが……

「ちなみに、当たる確率は？」

「ご主人様、それはメイドの秘密です」

「あ、一応ご主人様とは呼んでくれるんだ……」

むしろ、そっちが意外だった。政近が思わず漏らした言葉に、沙也加は視線を伏せ、無言で眼鏡を持ち上げてから続ける。

「……ご心配なく。適度に当たるようにはなっているので」

「あ、うん。まあそこはそんなに心配しては――」

「すみません！　こっちラッキーカレーをもうひとつ！　カレーとライス抜きで！」

「こっちも！」

「は～い、ではこちら抽選用のくじになりま～す」

「うんちょっとごめん、なんか今すごい闇を感じるやりとりが聞こえたんだけど」

「気のせいではないでしょうか？」

「気のせいじゃねーよ！　見ろよ！　あそこら辺の男子の目！　全員完全に引き際を見失ったギャンブル中毒《ジャンキー》の目ぇしてんぞ!!」

「わたくしどもは何も強制しておりません。ただ、ご主人様方の望まれるままに従っているだけです」

「クッ、な、なんつー反論に困る言い逃れを……」

流石はかつての討論会の女王と言ったところか。涼しい顔でいけしゃあしゃあと宣《のたま》う沙也加に、政近はもはや逆に感心してしまう。すると、有希も感心した様子で頷いた。

「なるほど……店内飲食という回転率の悪さを、こうやって客単価を上げることでカバーしているのですね」

「お前はお前で嫌な分析するね……メイド喫茶なのに夢の欠片もない」

「ご主人様、メイド喫茶に夢を見過ぎではないですか？」

「このメイド長やだぁ！」

無慈悲に夢をぶち壊してくるメイド長に悲鳴を上げつつも、別にチェキに関しては当たらなくても構わなかったので、政近はカレーを注文する。有希とアリサもそれに追従し、カレーライスと飲み物を三人分注文した。

「それでは、少々お待ちください」

そう頭を下げて沙也加が去って行ってから、政近は改めて店内を見回す。驚いたのは、店内の女性店員は全員が全員違うデザインのメイド服を身に着けているという点だった。

「なんつーか、衣装代だけですっげー金掛かってそうだな……その分、内装は簡素に済ませてるけど」

「誰かは知らないけど、メイド服に関しては生徒の伝手《つて》で借りてるらしいわよ？　かなり格安のレンタル料だったから」

「おお、流石は会計担当」

アリサの補足に視線を前に戻すと、アリサは冷たい目で政近を見返す。

「それにしても……政近君はああいうのが好きなの？」

「え？　ああいや、メイドが好きっていうか……メイド服は、可愛いと思うかな。オタク的に？」

「ふう〜ん？」

「それにしては、入り口の……溝口《みぞぐち》さんでしたか。彼女にはずいぶんとニヤついているように見えましたが？」

「いや、別にニヤついては……」

「私もそう見えたわ」

アリサにまで言われてしまい、政近は言葉に窮した。本当に、政近としてはそんなやましい感情はなかったのだが……どう弁解したものかと悩んでいると、有希がくすりと笑う。

「冗談ですよ。少しからかっただけです。政近君、初対面の相手にはあまり興味を抱《いだ》きませんもんね？」

「その言い方は語弊があるが……まあ、そうかな」

有希の言葉に、政近は少し苦笑しながら頷《うなず》く。

実際、政近は交流がない相手にはあまり異性としての関心を持たない。それこそ、テレビの中のアイドルや女優を見るのと同じ感覚だ。「可愛いな」「綺麗《きれい》だな」「スタイルいいな」といった感想は抱くが、別にお近づきになりたいとか触ってみたいとかは思わない。そこから何らかの形で交流が生まれた結果、そういった感情が生まれることはあるかもしれないが。実際、アリサと初めて会った時も、「なんかすんごい美少女だな」と思っただけで特に仲良くなろうとは思わなかった。唯一の例外はマリヤ……否、まーちゃんくらいか。

（そう考えると……あれは、所謂一目惚《いわゆるひとめぼ》れってやつだったのかもな）

そんなことを考えていると、対面の席で有希がアリサに耳打ちをしていた。

「アーリャさん、政近君、わたくし達を前にして別の女性のことを考えてますよ」

「やっぱり？　なんとなく私もそう思ったわ」

「ねぇその女の勘ってマジでどういう原理なの？」

なんだか息ぴったりに心を読んでくる二人に、政近は疲れた目を向けた。しかし、アリサはその質問に答えることなく冷たい声で追及する。

「それで？　誰のこと考えてたの？」

「……綾乃のことだよ。メイド繋《つな》がりでちょっとな」

「ふぅ～ん。まあ、君嶋《きみしま》さんは可愛いものね？」

「……アーリャも、メイド服着たら絶対可愛いと思うぞ」

ご機嫌取りも兼ねてそう言ってから、政近はふと首を傾げた。

「あれ？　アーリャって……前に、なんかの機会でメイド服着たことなかったっけ？」

「……気のせいでしょ。何かと勘違いしてるんじゃないの？」

「え～……？　そっか、勘違いか……」

少しばかり釈然としない気持ちで頷くと、有希が少し悪戯《いたずら》っぽく笑う。

「政近君はメイド服がお好きなんですね。わたくしも、今度着てみましょうか」

「お～好きにすればいいんじゃね？」

「……政近君、なんだか最近わたくしへの扱いが雑ではないですか？」

「いや、だって別にお前が可愛い格好したところで……なぁ？」

軽く眉根を寄せてそう言う政近を見て、アリサが少し咎めるような目をしながらも、微《かす》かに頰に優越感を浮かべた。が、

「愛《め》でて、写真撮るくらいだし」

「いやですわ、政近君ったら愛でるだなんて……大胆です」

「いや冗談だぞ？　アーリャ？　冗談だからな？」

一瞬で目が純度百のツンドラになったアリサに、政近は念押しする。無論、冗談ではないが。有希が可愛いメイド服を着た日には、政近はめっちゃ写真撮るしめっちゃ愛でるが。ここでそれを認めたら問題発言にしかならないので、冗談ということにしておく。

するとアリサは一応納得したのか、少し不満そうな顔でプイッとそっぽを向いた。もはや好意が全然隠せてないその振る舞いに、政近は「なんだかなぁ」と苦笑してしまう。

(まあ、このくらいなら友人相手の嫉妬って解釈も)

【私にはそんな素振り見せなかったくせに】

(出来ませんね……思いっ切り女の子として見てもらいたがってますねこれは)

これで本人に自覚がないというのは、マジでどういうことなのだろうか。

(あれかな……本人的には、『パートナーには常に一番に見てもらいたい！』って発想なのか？　アーリャ一番が好きだしな……)

そんなことを考えていると、メイド長さんが三人分のカレーライスと飲み物を運んできた。

「どうぞ、〝メイドの手作りラッキーカレー〟です」

「あ、どうも」

テーブルに料理と飲み物を配膳した後、沙也加は上面に穴が開いたボックスを持ってくる。

「そして、こちらが抽選のくじです」

「ああ、さっきから阿鼻叫喚《あびきょうかん》を生み出してる……」

「失礼ですね。あちらのご主人様方はたまたま運を持ち合わせていなかっただけです」

「運の問題かなぁ」

わざわざ数えてはいなかったが、五、六人が諭吉さんを手放していたことは確かだと思う。耳を澄ませば「次こそは……」とか「でも、これ以上は……」とかいう苦悩に満ちた声が聞こえる。そして、乃々亜の「ご主人様ぁ、お飲み物のお代わりはいかがですかぁ？」という甘え声も。席に座っている以上、悩んでる最中にもしっかり金を取っていくスタイルだった。逞《エグ》しい。

（あれで『運が悪かった』で片付けられるのは可哀《かわい》そう過ぎるだろ……）

内心そう思いつつ、適当にくじを引く。そして、折り畳まれた紙を開くと、そこには〝当たり〟の文字が。

「へ？」

「ほら、運の問題だったでしょう？」

口の端でニッと笑うと、沙也加は教室中に響くように声を上げた。

「おめでとうございます！　見事、ツーショットチェキ権ゲットです！」

その言葉に、「やっぱりもう諦めようかな……」とか言いながら腰を上げかけてた男子達がグリンと振り向く。そこへ、すかさず乃々亜が声を掛けた。

「お代わり、いかがですか～？」

「……もらう。それと、ラッキーカレーもう一回！」

「うぅ〜……俺も！」

「あぁ、憐《あわ》れな野郎共が再びギャンブルの沼へ……」

冷静に考えれば、今当たりくじが一枚出てしまったということは、先程までよりも当たる確率は減っているのだが。きっと、彼らはもうそんな合理的な判断は出来なくなっているのだろう。あるいは、ぽっと出の奴に一発で当たりを引かれたということへの許せなさも大きいのかもしれない。

（ん？　ちょっと待て。そう考えると……俺が当たったのって、本当に偶然か？）

まさかとは思う。思うが……今ここで政近が当たりを引くというのは、彼らの購買意欲を再燃させる上でこれ以上ないシチュエーションだった。そう疑ってみると、他のくじはきっちり折り畳まれていたのに、政近が取ったくじは折り方が甘くて摑《つか》みやすかったような……

「あ、ハズレですね」

「私も……」

有希とアリサが白紙のくじをテーブルに置く中、政近はじっと沙也加の顔を見つめる。しかし、沙也加は一切内心の窺《うかが》えない静かな笑みで政近に問い掛けた。

「それではご主人様、チェキを撮る相手はどの娘《こ》になさいますか？」

「え？　あ、っと」

「ちなみに、一番人気は乃々亜です」

「いや、あいつは──」

「やっぱりそうですよね。乃々亜！　ご指名です！」

「話聞かねぇなこのメイド長！」

「はぁい♡　ご指名ですか？　ご主人様♡」

「……」

相も変わらずきゅるるんしてる乃々亜に、政近は正直に冷めた目を向けてしまう。しかし、乃々亜は当然気付いているだろうに華麗にスルー。

「それじゃあご主人様、こちらに来てください♡」

そう言って、乃々亜は教室後方の黒板の前に立つ。そこにはハートやら花やらリボンやらが、色とりどりのチョークで鮮やかに描かれており、一種の映えスポットみたいになっていた。

「ああ、なるほど……そこでチェキ撮るのか」

正直、この不気味さしか感じないメイド乃々亜とのチェキとか別にいらない。しかし、ここで他の女生徒を指名するのも変な意味が生まれる気がして、政近は何も言わずに席を立った。

「あぁ、そんな……」

「オレの乃々亜ちゃんが……」

そうすると、周りから聞こえてくる、脳破壊された野郎共の憐れな声。

「なるほど、これが〝僕が先に好きだったのに《BSS》〟ですか……」

「BSS?」

そんな有希とアリサのやりとりを背に、政近は黒板の前に立つ。すると、乃々亜が一本のチョークを差し出してきた。

「はいご主人様、それじゃあここに名前を書いてください」

「名前?」

「そ。ここに乃々亜とご主人様の名前を書いてぇ〜それで写真を撮るの☆」

見れば、なんだか相合傘のような派手な十字架のようなものが真ん中に描いてある。その左側に、乃々亜がひらがなで自分の名前を書いた。

(うぅっわ恥っず)

メイド喫茶のイベント的には嬉《うれ》しいサービスなのだろうが、政近からすれば公開処刑に等しい。あと、背後からの視線が痛い。男子の怨念につららが交じっておる。

「ご主人様?」

乃々亜に疑問符で記名を促され、政近は少し迷った末に自分の名前を書く。ただしそこで終わらず、二人の名前の下に「目指せ次期生徒会!!」と書き足した。

刹那、乃々亜が一瞬真顔になり、ニィッと愉快そうな笑みを浮かべる。

「うふふっ、面白いご主人様ですね☆」

それだけ囁《ささや》くと、乃々亜は再び無邪気な笑みを作った。

「は〜い、準備できましたぁ〜」

そう言いながら沙也加の方を振り向く乃々亜に、政近はそっと胸を撫《な》で下《お》ろす。そう、これは羞恥プレイなんかではなく、あくまで九条《くじょう》・久世《くぜ》ペアと谷山《たにやま》・宮前《みやまえ》ペアの協力関係をアピールするためのものなのだ。そういうものだと思えば、別に恥ずかしくは──

「それでは撮りますので、胸の前で手でハートマークを作ってください。『さん、に〜、いち、ラブラブきゅるる〜ん』で撮ります」

メイド長の無慈悲な言葉に、政近は真顔になった。

◇

「美味《おい》しかったわね、カレー」

「そうだな、具もたくさん入ってたし。思ったより本格的だったな」

予想以上にちゃんと作り込まれていたカレーに満足し、政近たちは席を立った。

「まだだ！　こうなったら限界まで突っ込むぜ！」

「ここまで来て退《ひ》けるかよぉ！」

もはや取り返しのつかないところまで逝ってしまっている男子達に気付かない振りをしながら、会計に向かう。

「はい、こちら先程のチェキです」

「あ、どうも……」

正直いらないし、むしろ黒歴史でしかないので今すぐ捨てたい。だが、人目に付くところに捨てるのも躊躇《ためら》われる。

（ま、家帰ってから捨てるか……）

そう思い、政近は受け取ったチェキを見もせずに胸ポケットに突っ込んだ。そうして外に出ると、食事中に話し合った計画に従い、校庭へと向かう。と、

「あ、すみませぇ～ん」

「おっと」

料理を取りに向かうらしい乃々亜に、背後から追い抜かれた。廊下を行き交う生徒の視線を集めながら、乃々亜は更衣室兼調理室に使われているF組の教室へと入って行く。

その様子を見るでもなく見ながら、F組の前を通って――

『みんな、忙しいだろうけど頑張って♡』

『任せろ！　おらぁお前ら、気合入れろぉ！』

『『『うおぉぉぉ――!!』』』

中から完璧に訓練されてる男子達の声が漏れ聞こえて、政近は遠い目になった。アリサも少し驚いた様子で教室の方を見ながら、納得した様子で呟《つぶや》く。

「表に男子がいないと思ったら……完全に裏方に回ってたのね」

「ああ。メイド喫茶って企画から察するに、発案者は男子なんだろうが……なんなんだろうね。この全体的に、男子の社会的地位が低い感じ」

客の男子から金を搾り取り、同僚の男子を労働力としていいように使うメイド集団。学内屈指の指揮官《コマンダー》である沙也加の統率力を、乃々亜の魔性でブーストするとこうなってしまうのか。もはやある種の洗脳じみたものすら感じた。

『大変です料理長！　作り置きをする鍋が足りません！』

『あぁん？　バッカヤロウ！　今すぐ買って来い！』

『え、この寸胴鍋《ずんどう》を……？』

『だからなんだ？　女子達も身ぃ削って接客してんだ！　お前も身を削れやぁ!!』

『！　ハイッ!!』

……男子同士のやりとりも、なんだか体育会系を通り越して軍隊っぽくなってるし。

「……なんというか、いろいろと闇を感じるメイド喫茶だったな」

「今更ですが、沙也加さんたちが中等部生徒会長になるのを阻止したわたくし達って、実はMVPだったんじゃないかと思えてきました」

「まあでも、誰も無理強いはしてないみたいだし……団結力があると考えれば、ね……？」

三人全員、微妙な表情でそんなことを言い交わしながら、政近たちはその場を後にした。

そして、三人で周囲の注目を浴びながら出し物を回ること三十分。時計を確認した有希が声を上げた。

「あの、わたくしあと二十分くらいで実行委員の仕事に戻らないといけないのですが……最後に、よかったらうちの出し物を見に来てもらえませんか？」

その提案に乗り、三人は一年A組の教室を訪れる。そこは縁日風の提灯《ちょうちん》飾りがあちこちに付けられ、ヨーヨー釣りや射的、輪投げなどのコーナーが並んでいた。

「いらっしゃ――く、九条さん⁉　すっげ……」

入り口付近にいた男子が、アリサを見てぎょっとした後に絶句する。それは他の生徒も同様で、突然上がった驚きの声にパッと振り向いたと思ったら、入って来たメンバーに驚き、直後アリサの姿に言葉を失う。割とアリサを見慣れているはずの隣のクラスの生徒でさえ、エルフ姿のアリサは衝撃的だったらしい。

「皆さんお疲れ様です。こちらのお二人の接客はわたくしがしますので、皆さんはどうかそのままで」

全員の意識が真っ白になったタイミングを逃さず、有希がそう声を掛けると、呆《ほう》けていたA組の生徒達はゆるゆると動き出した。しかし、気になるのは変わらないのか、目の前のお客さんの相手をしながらもチラチラとアリサの方を見ている。もっとも、それは客の方も同様だが。

「それではアーリャさん、どれかやりたいものはありますか？」

「えっと、そうね……あのヨーヨー釣りをやってみたいわ。この前のお祭りでは一個も取れなかったから、そのリベンジで」

アリサがそう言った瞬間、ヨーヨー釣りをやっていた生徒がザッと場所を空ける。あまりの反応の速さに、アリサは少しビクッとなった。

「ど、ど〜ぞど〜ぞ九条さん！　こちらに！」

　空いた場所を手で示しながら、ヨーヨー釣りの店番をしていた男子が優越感と喜色をにじませながら声を上げる。おずおずとそちらに向かうアリサに、政近はローブを脱いで手渡した。

「？　え？」

「これ、脚に掛けろよ。この前みたいに水が跳ねるかもしれないし」

「あ……」

　安物の市販品である政近のローブと違い、アリサの衣装はハンドメイドの一級品だ。濡《ぬ》らすのは忍びない……というのは建前で、実際はしゃがんだ際のパンチラ防止が本命だ。アリサもそれに気付いたらしく、少し恥ずかしそうに険のある目をしてから小さく「ありがと」と告げる。

　そうして、ローブを抱えてそそくさとヨーヨー釣りの方に向かうアリサの後を追おうとして……あっという間にアリサの周りに人垣が出来てしまい、政近は苦笑した。

「おいおい……他の出し物どうすんだよ」

　他のコーナーを担当してた生徒達まで持ち場を放棄しており、有希もこれには苦笑してしまう。

「まあ、他のお客さんも全員見に行っちゃってますし……もはや、存在自体が営業妨害みたいになってますね、アーリャさん」

「だな……ところで、さっきっからず～っと空気になってるあれにはツッコんだ方がいいのか？」

「今は触れないであげてください。メイドとして複雑な思いがあるみたいなので」

「そうか」

「それで？　政近君はどれかやりますか？　さっき言った通り、接客はわたくしがやりますよ？　景品は出しませんけど」

「出さんのかい」

「だって、出したら政近君全部持ってっちゃうじゃないですか」

「それはそう」

周りに人がいないので、さっきまでより少しだけ素で会話をする二人。

「そうですねぇ……でも、流石の政近君でも、あれは取れないと思いますよ？」

そう言って有希が指差したのは、射的の台の上段中央にデデンと置かれたクマのぬいぐるみ。他の景品と違って台の上にしっかりと腰を下ろしており、ちょっとやそっとじゃビクともしなそうだった。

「……なんか、貫禄がすごいな」

「イギリスの有名ブランドのテディベアだそうです。職人が手作業で作った一点ものらしく、マニアにとっては垂涎《すいぜん》の品みたいですよ？」

「なんでそんなものが射的の景品になってるんだよ」

「征嶺学園ですから」

「くっ、なんて説得力だ」

そんなことを言いながら、政近は射的台に向かう。挑まれた以上は、それに応えるのが兄の務めだった。

「はい、では五発で三百円です」

「いや、金取んのかよ」

「その代わり、あのぬいぐるみを落とせたらちゃんとお渡ししますし」

すまし顔でそう言ってから、有希は素の表情でニヤッと笑って囁く。

「（学園祭の思い出に、アーリャさんにプレゼントしたらどうだい？　マイブラザー）」

有希の言葉に、政近は真剣な表情でヨーヨー釣りをするアリサを肩越しに見てから、無言で財布を取り出した。

「とりあえず五発な」

「は〜い」

有希から五発のコルク玉を受け取り、政近は慣れた動きで銃に込めると、ピタリとぬいぐるみへ照準を定める。そして静かに引き金を引くと、狙い違わずコルク玉はぬいぐるみの頭部へ吸い込まれ——ポフンと弾かれた。

「いや、豆鉄砲過ぎひんか？」

「だから取れないって言ったじゃないですか」

「にしてもだよ。クレーンゲームのアームでももうちょっと取れそうな強さに設定されてるぞ」

綺麗《きれい》に額に当てたのに、ちょっと頭が揺れただけだった。ぬいぐるみは相変わらず、ふてぶてしさすら感じさせる姿で台に腰掛けている。その少し前屈《まえかが》みな体勢をじっと見て、政近は有希に問う。

「……有希、銃はいくつある？」

「？　一応、全部で四丁ありますけど」

「残りも出してくれ」

有希に頼んで四丁の銃を並べると、政近は残りの玉を一発ずつそれらに込めていく。

「……連射でもするつもりですか？　その程度で落とせるとも思えませんが」

「有希……」

妹の予想に、政近は早合点を咎《とが》めるように名前を呼んだ。そして、ぬいぐるみを見つめたまま静かに言う。

「実は俺、最近発勁《はっけい》の練習してたな？」

「マジかよみんな好きだぞそんなもん」

思わず素《オタク》が出てしまった妹にフッと笑い、政近は下から見上げるように銃を構える。

「教えてやるよ……大事なのは、力の伝え方だってことをな」

不敵にそう言うと、政近は引き金を引いた。

放たれたコルク玉はぬいぐるみの真下を通り抜け、その背後の黒板に跳ね返り、ぬいぐるみの後頭部を直撃する。その結果を見届けることなく、政近は続けざまに銃を持ち換えては同じ場所を正確に射撃し続けた。

その結果、少し前屈みに腰掛けていたぬいぐるみは、前へとつんのめるようにして下の段に落下し、そこに載っていた景品も巻き込みながら床に落ちた。

「よし」

「よしじゃねぇ。発勁どこ行った」

「そう、これが秘技〝無間勁《むかんけい》〟」

「うるせぇよ」

真顔でツッコミを入れると、有希は呆《あき》れたように溜息《ためいき》を吐きながらぬいぐるみを拾う。

「あ〜あ、まさか本当に取られるとは……明日の目玉の景品になる予定だったのに。まあ、約束は約束だもんね。はい」

有希はそう言ってぬいぐるみを政近に手渡すと、ニヤッと笑ってアリサの方に視線を向けた。

「ふふ〜ん、ではどうぞ？　嬉《うれ》し恥ずかしプレゼントタ〜イム♪」

野次馬《やじうま》根性丸出しでそんなことを言う有希に、政近は受け取ったぬいぐるみを手渡す。

「お……？」

「やるよ」

「へぁ？」

素でぽかんとする有希に、政近は優しく、少し哀《かな》しげな目をして言う。

「今はもう、ぬいぐるみを持てるだろ？」

それは、まだ政近が周防《すおう》家にいた頃。当時、重い小児喘息《ぜんそく》だった有希は、ハウスダストが付着しやすいぬいぐるみを持つことが出来なかったのだ。小さい時にはよく持ち歩いていたぬいぐるみも片付けられ、清潔であることを最優先にした、病室のような簡素な部屋でずっと過ごしていた。

あの時、ゲームセンターで手に入れたクマのぬいぐるみを、有希に渡せなかった。心の奥深くに残っていたそのやるせなさが、今政近を動かしていた。

「……」

政近の言葉に、有希はぬいぐるみをぎゅっと抱いて顔を伏せる。そして、何かを堪えるように数秒肩を震わせてから、ふっと落ち着いた表情で顔を上げた。

「あっぶねぇ……危うく教室で白昼堂々おっぱじめるところだったぜ」

「何をだよ」

「まったく、これ以上オレの好感度稼いでどうすんだ。もうとっくにカンストしてるってのに」

「俺は釣った魚にもエサをあげるタイプなんだよ」

「まったく、私の愛《いと》しいお兄ちゃん様め」

そう言って、有希はぬいぐるみに口元を埋めると、照れくさそうに体を揺する。

「んふふ～ん、んもぉ……お兄ちゃんったらンもぅ……お兄ちゃんは、どうしてお兄ちゃんなの？」

「お前より先に生まれたからだろ」

「なんだそれだけか。じゃあ敬う必要ないな」

「どうした急に」

突然スンッと無表情になった有希に、政近は真顔でツッコむ。そして、少し考えてから、ジト目で更にツッコミを入れた。

「……というか、お前に敬われた覚えはねぇよ」

「……あれ？　あたしもないな」

「じゃあ敬ってねーんだよ」

「敬われたいならさ。それなりの態度ってものがあると思うんだよね」

「敬われるような兄でいて欲しいならさ。それなりの態度ってものがあると思うんだよね」

「この世界一可愛い妹様のどこが不満だと？」

「さっきから表情コロコロ変えてるところとか」

「視線を感じる度にお嬢様モードに戻ってんだよ」

兄のツッコミにお嬢様モードで上品に笑ってから、有希はにへっと相好を崩した。

「異様だよ」

「器用じゃろ？」

「超感覚《ハイパーセンス》すげぇなオイ」

「ありがと、お兄ちゃん」

「ん」

　思わず頭を撫《な》でそうになって、場所を弁《わきま》えて小さく頷《うなず》くだけに留《とど》める。それすら理解したように有希は笑い、兄妹の間にほんわかとした空気が流れ——押し寄せて来た寒波に、二人揃って肩を跳ねさせた。

　振り向けば、そこにはヨーヨーを手に人垣の向こうからこちらをガン見するアリサの姿。アリサはまるで幽鬼のようにゆらりと立ち上がると、その気迫に後退《あとずさ》った生徒達の間を抜けて歩み寄って来た。そして、全く笑っていない目でうっそりと笑う。

「楽しそうね」

「お、おう……アーリャも、なんか盛り上がってたな？」

「ええまあ……だいぶ苦労して、ようやく一個取れたものだから」

「おお、よかっ——」

「で？　私が一生懸命、奮闘してる間、二人は何を？」

　笑っていない笑顔のままコテンと首を傾げるアリサに、政近はまさか「いちゃついてま

氷

した」とも言えず、事実だけを淡々と語る。

「……射的してました」

「それで？」

「有希がこれは取れないだろうって言うんで……意地でも取ってやろうと思って」

「ええ、それで？」

「取って……それでまあ、俺はぬいぐるみいらないから……有希にあげようかと」

「ふぅぅ〜ん」

アリサが含みたっぷりの声を上げる中、そこでようやく事態に気付いたらしいA組の生徒が慌て始めた。

「え、ちょっと待ってぬいぐるみ取られたの⁉」

「嘘だろ⁉　全然見てなかった‼」

「いやいや流石にないだろ。え、誰か見てなかったのか？」

未《いま》だに信じられない様子のクラスメート達を前に、有希は教室の隅に声を掛ける。

「一切の不正なく、本当に撃ち落としましたよ？　ねぇ綾乃」

有希の呼び掛けに応え、ずっと空気になっていた綾乃が静かに進み出てくる。

「はい、たしかに」

綾乃が無表情で頷くと、A組の生徒は一斉に頭を抱えた。「ウソだろ」とか「明日の景品どうすれば」とか阿鼻叫喚《あびきょうかん》になっている生徒達を前に、綾乃はどこか誇らしげに、感慨深そうに続ける。

「本当に、素晴らしい神業でした……政近様の秘技〝無関係〟は」

「いや、ちょっ」

政近が慌てた声を上げると同時に、喧騒《けんそう》がピタリと収まった。全員頭を抱えたまま、真顔で綾乃と政近をまじまじと見る。

「秘技……なに？」

「え、自分で言ったの？」

「やっば」

「違っ──冗談で言ってみただけだから！」

一斉にドン引いた目で見られ、慌てて弁解するも空気は変わらず。

「政近君……」

「ア、アーリャ？」

「……学園祭ではしゃぎ過ぎるのも、ほどほどにね」

「憐《あわ》れむような目で見るなぁ！」

A組の教室に、政近の悲痛な叫びが響いた。

第3話

討論会以上に本気を出しました

「悪かったって。そんなに拗《す》ねないでくれよ」

「別に、拗ねてないわよ」

Ａ組の生徒に厨二病患者の烙印《らくいん》を押されつつ教室を出た政近《まさちか》は、廊下を当て所《あど》なく歩きながら、未だに不機嫌そうなアリサのご機嫌回復に努めていた。

まあ考えてみれば、アリサの不満も分かるのだ。聞こえていた観衆の盛り上がりからして、きっとアリサのヨーヨー釣りリベンジマッチは壮絶なものだったのだろう。それでも何度も挑戦と失敗を繰り返し、その末にようやくヨーヨーを釣り上げ、達成感と共に振り向いてみれば……一緒に回っていた二人はその死闘の様子など全く見ておらず、アリサを放って仲良く遊んでいたのだから。同じことを毅《たけし》と光瑠《ひかる》にやられたら、政近だって疎外感で胸がキュッとなるだろう。

【私の、パートナーなのに……】

「……ロシア語でぶつぶつ言うのやめて、怖いから」

別の意味で胸がキュッとなるから。

「いや、その……言い訳にしかならんけどさ。俺もお前のヨーヨー釣りを見るつもりだったんだぜ？　ただ、なんか人がすごかったじゃん。お前もずいぶん人気が出て来たというか……」

政近が歯切れ悪くそう言うと、アリサが髪をいじりながらチラッと政近を見る。

「……そんなこと言って、あなたもずいぶんとクラスで頼られるようになったじゃない」

「え？　何が？」

「さっきのシフトの時……自然と、あなたがクラスを仕切ってたじゃない？」

「……あぁ」

たしかに、言われてみればそうだ。このところ、学祭実行委員として誰かに指示を出すことが多かったから、特に意識していなかった。

しかし冷静に考えてみれば、一学期までのクラスでの政近の評価は〝おバカで不真面目なオタク〟といったところだっただろう。別段面と向かって馬鹿にされたりはしていなかったが、中流家庭出身ということもあって確実に〝下〟には見られていた。

政近自身、それ自体は特に気にしていなかった。むしろ、周囲の人間と円滑な人間関係を築くためには、多少なりとも見下されているくらいの方がちょうどいいとすら思っていた。「出る杭《くい》は打たれる」「能ある鷹《たか》は爪を隠す」という言葉があるように、変に目立てば警戒され、逆に下に見られていれば相手も警戒を緩めて、懐に入りやすくなるから。

自分の有用性を示すのは懐に入ってからでいい。分かる相手はそれで対応を変えてくるし、変えない相手なら適当におだてて主導権を握ればいい……という考えとは別に、単純に変に期待されるのが面倒だというのもあるのだが。

「言われてみれば……そうだな」

特に有用性を示した覚えはないのだが、いつの間にやらクラスでも政近に対する評価は変わってきている気がする。きっかけは何か……と考えれば、言うまでもなくそれは生徒会に入ったことだろう。

「やっぱり、終業式のあいさつが大きかったんじゃない？」

「え？　あ〜……そうかも」

アリサの言葉に、政近は少し考えてから頷く。

思い返してみれば、あの時政近は全校生徒の前で「中等部で陰の副会長やってました」とかいう発言をしてしまったのだ。

実際、中等部で生徒会をやってた頃は、政近はひたすら陰に徹していた。有希《ゆき》がパートナーとして頼もし過ぎたこともあって、裏ではコソコソやっていたが、その分表向きのイベントは有希を立てて大人しくしていた。だからこそ、あのあいさつで素性を明かすまで、ほとんどの生徒には副会長をやっていたことすら記憶されていなかったのではないか。それはクラスメートですら例外ではなく。

「あれでちょっと株が上がって……二学期に入って学祭実行委員としてあれこれやってる内に、自然と一目置かれるようになったって感じか？　自分で言うのもなんだが」

「そうじゃない？　私よりもずっと頼りにされてたじゃない」

「いや……まあ、面倒事を押し付けやすい相手だと思われてるって話もあるけどな」

なんだかまたパートナーとして相応《ふさわ》しい云々《うんぬん》の話になる気がして、政近は軽く冗談めかす。

「しかし……そうか。隠せないものだね、有能さというものは」

髪を掻《か》き上げながらフッとニヒルな笑みを浮かべてみせると、

【もう少し、隠しておいてもよかったのに】

アリサは拗ねたようにプイッとそっぽを向きながら、ボソッとロシア語で囁《ささや》いた。

「……やっぱりなんか怒ってない？」

「別に？　ただ、私との約束を忘れてるんじゃないかしらって思っただけよ」

「約束？」

素でなんのことか分からず、首を傾げ……アリサにギヌロッと睨まれ、慌てて記憶を探る。すると、音楽室付近の階段でアリサと交わした会話がヒットした。

「っと、あ、あぁ～もしかしてあれか？　学園祭を一緒に回るって……え、今まさに回ってるけど？」

「これは……ノーカンよ。私、あなたに誘われてないもの」

「え、そこ重要？」

「重要よ。そもそも、一緒に回るなんて言ってないし。『学園祭で私を楽しませて』って言ったのよ」

それはつまり、今は楽しめてないということなのか……と考え、今まさに不機嫌にさせてしまっている現状を鑑みて、政近は何も言えなくなってしまう。

【そもそも、二人きりじゃなかったし】

(あ、うん……せやな)

【なし崩しじゃなく……ちゃんと誘いなさいよ】

(ごめん)

【もっと、ロマンチックに】

(ハードルを上げるな)

どうやらアリサとしては、正式にデートという形で申し込んで欲しかったらしい。アリサの態度から察するに、アリサとしては「あなたが恥を忍んで誘ってくれるなら、一緒に回ってあげてもいいわよ?」というお姫様的ポジションを維持したかったのだろう。そうであれば、これはノーカンだと言いたくなる気持ちも分かる。

「悪かったよ……この埋め合わせは、また明日するから」

「……そ」

素っ気なく答え、アリサはプイッとそっぽを向く。どうやら、政近が〝これ〟で約束を果たしたことにしようとしたせいで、完全にへそを曲げてしまったらしい。

(う〜ん、どうしたもんか……まあ、完全に俺が悪いんだけど)

むしろ、挽回《ばんかい》の機会を与えられたことに感謝すべきなのだろう……と思いつつ、スタスタと先に行ってしまうアリサの背を見つめていると、ふとアリサの向こうの生徒がスマホを構えようとしているのに気付いた。気付くと同時に素早くアリサの前に割り込むと、政近は右手でローブを広げてアリサの姿を隠す。

「はいそこ。この美し～エルフさんを撮りたい気持ちは大っ変よく分かるが、写真を撮る前にまず許可を取ってくれるかな？」

そうして、少し冗談めかした注意を飛ばすと、その男子は気まずそうな顔でそそくさと立ち去った。

物分かりがいい生徒でよかった……と、ほっとしたのも束《つか》の間《ま》。

「え、許可もらったら写真撮っていいの？」

政近の言葉を真に受けた近くの女子数名が、一斉にスマホを手に近付いてきて政近は固まる。しかもその様子を見た他の通りすがりの生徒まで、ワンチャンを期待して立ち止まり始めた。

「いや、今のは言葉の綾――」

「九条《くじょう》さんこっち向いて！」

「エルフさん！　写真一枚いい？」

「あの、出来たらツーショット写真を……」

政近の言葉など意に介さず、陽キャっぽい女生徒たちはグイグイと距離を詰めてくる。

（いや押し強っ！　どうする？　選挙戦のことを考えるなら写真くらい快く応じるべきか？　女子なら別に下心もないだろうし……いやでも、ここで一人受けたら絶対収拾つかなくなるよな……）

とりあえずアリサの意思を確認すべき……と背後を振り向けば、アリサもアリサで反応に困った様子で政近を見返してきた。

（あ、うん……とてもじゃないけど、笑顔で写真撮れる様子じゃないな。ここはやっぱり断って──）

そう判断し、やはり断ろうと政近が前を向いたところで、

「貴女《あなた》たち？　強引なのは美しくありませんわよ？」

凛《りん》とした声が喧騒を貫き、政近を含むその場の全員が、一斉に声のした方を振り向いた。そして、全員が一瞬にして意識を持って行かれる。

そこにいたのは、勇ましさと高潔さを体現したような騎士服に身を包んだ女性陣。その先頭に立つのは、蜂蜜色の縦ロールが眩《まぶ》しい美麗な女生徒。女子剣道部部長にして風紀委員会副委員長、桐生院《きりゅういん》菫その人であった。

「菫《すみれ》先輩……！」

「なんってヅカヅカしい……！」

アリサの写真を撮りたがっていた女生徒たちも、その凛々《りり》しく美々しい姿に魅了される。そんな彼女達に悠然と近付くと、菫はアリサをローブで庇《かば》う政近に視線を送り、その意を

受けた政近は右手を下ろした。それにフッと満足げな笑みを漏らすと、菫は女生徒たちの方を見て言う。

「女性にアプローチする際には、強引に詰め寄るのではなく紳士的に申し込むべきですわ。そう、このように」

そう言って、菫は優雅にマントを払いながら片膝をつくと、右手を自身の胸に当て、左手をアリサに向けて差し出した。

「美しいエルフのお嬢様、わたくしに貴女の一瞬を切り取る栄誉を与えていただけませんか？」

「……ぁ、はい」

その、全女子理想の王子様《フィクション》さながらの振る舞いに、アリサも思わず頷いてしまう。と、

「「「「キヤァァァァ――――!!」」」」

廊下の窓が揺れそうなほどの黄色い悲鳴が、爆発した。というか、実際に窓が揺れた。

女生徒たちの黄色い悲鳴を一身に浴びながら、菫はさり気なくアリサを庇うように立ち上がると、その場の生徒に向けて告げる。

「よろしくって？　征嶺学園《せいれいがくえん》の生徒たるもの、常に礼節を忘れてはなりませんわ」

たしなめるようにそう言ってから、菫は「まあ」と続けた。

「いきなりわたくしのように出来るとは思いませんから……まずは、わたくしが練習台になって差し上げますわ」

そう言いながら、菫は一番近くにいた女生徒にスッと流し目を向ける。

「さあ、どうお願いするのだったかしら？」

「は、はぃ……え、えと、あなたの一瞬を――？」

「無理せず、貴女の言葉で誠実にお願いすればいいのですわ」

「ぇ、えと！　写真を一枚、撮らせていただけないでしょうか⁉」

「ええ、よろしくってよ」

悠然と笑い、菫は秒で完璧にカメラを意識したポーズ&表情になった。同時に後ろ手で軽く手を振られ、政近はアリサを連れてそっとその場を離れる。その際、小声で感謝を伝えることも忘れない。

「(ありがとうございます、バイオレット先輩)」

「すみれですわ！」

どうやら、それだけは聞き逃せないらしかった。

即座に否定《ツッコミ》を飛ばす菫に、政近は少し笑ってしまう。そして、写真撮影に応じつつ交通整理をする菫を見て、感心したように呟いた。

「まったく、あの人のああいうところはマジで才能だよな……自分の魅せ方をよく分かってるというか。ま、演技がかってるって点では従弟の雄翔《ゆうしょう》も同じだけど」

それでも、雄翔の王子然とした振る舞いはどこか嫌《いや》みに感じてしまうのは、政近が男であるせいか。

「っと、アーリャは大丈夫だったか？　ああいうのは、人気が出た弊害だよな……」

「ええ、まあ……庇ってくれて、ありがと」

目を逸《そ》らし、小声でお礼を言うアリサに、政近は肩を竦《すく》める。

「気にするな。むしろ、俺のせいで騒ぎが大きくなった感はあるし……ごめん、失敗したな」

「ううん、私は自分では何も出来なかったのだもの。政近君を責めることなんて出来ないわ」

「ん……まあ、これからもこういうことはあるかもしれないし、お互いに精進ってことだな」

「……そうね」

それきり、しばし沈黙。なんだかんだでアリサの機嫌は直ったが、今度は少し空気が重くなってしまい、政近はどうしたものかと頭を掻《か》く。そして、何気なく周囲を見回し、近くの教室に目を付けた。

「あ、ここ……マーシャさんと更科《さらしな》先輩がやってるマジックバーだよな？　ちょっと見てかないか？」

「え？　……まあ、いいけど」

「よし。あ、二人いいですか？」

「どうぞ～、空いてるテーブルに座ってくださ～い」

入り口の生徒に案内されるまま中に入ると、思ったより薄暗くて政近は目を細める。室内にはジャズが控えめに流れていて、全体的に落ち着いた雰囲気が漂っていた。横長のテーブルが入り口側に向かって開いたコの字形に並べられており、それぞれのテーブルでマジックが行われている。

「あ、アーリャちゃん、久世くん、いらっしゃ〜い」

聞き慣れた声に呼ばれてそちらを向くと、そこではちょうど手の空いたらしいマリヤがおいでおいでと手招きしていた。

「おおっ、マーシャさん……なんか、すごい大人っぽい感じがしますね」

「ホントに〜？　ありがと〜。うわぁ、アーリャちゃんもとっても可愛い！」

ニコニコと、こちらまで笑顔になってしまいそうなその笑顔はいつも通り。だが、落ち着いた室内の雰囲気と、シャツにベストというバーテンダー衣装が、マリヤに大人っぽい魅力を付与していた。元より年上ではあるが、今のマリヤは優しい大人のおねえさんといった雰囲気が強く、政近は少しドキッとしてしまう。

（うわぁ、やばいな……こんなおねえさんにお酒を勧められたら、無限に飲んじゃいそうだ）

思わずそんなことを考えてしまいながら、マリヤがいるテーブルの前に着く。少し脚が長く横長なテーブルには、テーブルの脚を隠すように大きなクロスが掛けられていた。恐らく、マジシャンの腰から下を客側から見えないようにするためだろう。テーブルの配置からも、客がマジシャンの背面側に来ないよう配慮されているのが見て取れた。

「っと、つい座っちゃったけど、アーリャはここでよかったか？」

「まあ、別に構わないわ。……ちゃんとしたマジックが見られるのかは、少し心配だけれど」

「あぁ〜バカにしたぁ〜。お姉ちゃんだって、ちゃんとマジック出来るのよ？　い〜っぱい練習したんだから」

腰に手を当てて、ぷんすこと怒ってみせるマリヤ。しかしすぐにニコッと笑うと、メニューを二人の前に差し出す。

「飲み物はどれにする？　当然だけど、全部ノンアルコールだから安心してね？」

マジックバーというコンセプトに沿って、メニューにはノンアルコールカクテルの名前がズラッと並んでいた。政近は知識としていくつか知っていたが、アリサはカクテルには疎かったらしく、一見して詳細が全く分からない名前を前にして固まっている。しかし、姉に「これはどういう飲み物なのか」と尋ねるのはプライドが許さないのか、無言でじっとメニューを睨《にら》んでいた。

「じゃあ、俺はシンデレラで」

「あ、じゃあ同じのを……」

「は〜い、シンデレラ二つね〜。ふふっ、王子様困っちゃいそう。それじゃあ、ちょっと待ってね？」

　マリヤとて、アリサの見栄《みえ》には気付いているのだろう。しかし、特にそういった素振りは見せず、マリヤはメニューを回収すると足元にしゃがんだ。そして、しばらくゴソゴソとした後に、シェイカーとグラスを手に持って立ち上がる。

「じゃあ、シンデレラを作るね～？　わたしは魔法使いのおばあさんじゃないけど」

　サラッと不思議なことを言いながら、マリヤはシェイカーをパキュッと二つに分けると、下半分にペットボトルに入った水を入れた。

「え、ちょっと？」

　戸惑うアリサを余所《よそ》に、マリヤはシェイカーを合体させると、そのままシェイク。そして、シェイカーの蓋を外してグラスの上で傾けると――グラスには、黄色い飲み物が注がれた。

「あれ？　あっ」

　素で不思議そうな声を出してから、アリサはしまったというように口を閉じる。しかし、一度漏れた声は消せず、マリヤは軽くドヤりながらグラスをアリサの前に置く。

「はい、どうぞ」

「おぉ～」

　政近が拍手をすると、アリサも少し悔しそうにしながらも拍手をした。無論、政近は今のマジックのトリックには気付いている。なぜなら、政近はオタクとしていつ命を懸けたゲームに巻き込まれてもいいように、あらゆるイカサマのテクニックを以下略。

今のマジックの種《タネ》は単純だ。シェイカーの上半分と下半分がそれぞれ独立した容器になっており、上半分にあらかじめシンデレラを入れておいただけ。無論、見抜いたところでそれをひけらかすような無粋な真似《まね》はしない。たとえ見抜けたとしても、驚いてみせるのがマナーというものなのだから。

「それじゃあ、次はカードマジックを見せるわね？」

そう言って、マリヤは今度はテーブルマットとトランプを取り出した。マットをテーブルに敷き、その上にトランプを置く。その手つきはこなれており、たしかな練習量を窺《うかが》わせた。

「それじゃあまず、このカードの山を二つに分けます。久世くん、好きなところで『ストップ』って言ってくれる？」

「はい」

さも素人のような振りをして、政近はマリヤの指示に従う。

(アーリャの言う通り、少し心配だったけど……全然問題なさそうだな。まあ、そうか。マーシャさんはアーリャの前とかではふわふわになってるけど、基本的にはしっかりしてる人だし)

そんな風に一安心する政近だったが……政近は知らなかった。実は、マリヤがお姉さんからおねぇちゃんになるのには、割と明確な法則があるということを。

言ってしまえば単純な話なのだが、マリヤは「自分がしっかりしなければ！」と思えば思うほど、しっかりした人間《お姉さん》になる。例えば、警戒が必要な人間を相手にする時。あるいは、一緒にいる人間が頼りにならない時。逆を言えば、一緒にいる人間が信頼できる人間であればあるほど、「わたしがしっかりしなくても大丈夫よね～」と気が抜けて、マリヤはアホの子《おねえちゃん》になるのだった。

それを踏まえた上で、今マリヤの目の前にいるのは？　そう、アリサと政近。どちらもマリヤが最大級に信頼する、大好きな人である。そんな二人を前にして、マリヤは今幸福感も相まって最高潮にふわっふわしてた。なんだったらぽやぽやしてた。知能指数で言えば50、偏差値で言えば30くらい下がっていた。その結果、

（あれ？　今の……ダブルリフトしとかないといけなかったんじゃないのか？）

政近はマリヤの手順に違和感を覚えるが、マリヤは気にした様子もなく続ける。

「今、アーリャちゃんが選んだカードはポケットに入れてしまいました。ですが、ここでおまじないをするとぉ～……さん、に～、いちっ」

カウントをし、マリヤはカードの山の上でタシッと全然鳴ってない指パッチンをした。そして、一番上のカードをひっくり返すと……また裏だった。

「あら？」

「「……」」

裏返しのカードをひっくり返したのに、また裏面。……一番見えちゃいけないやつだった。

「すみませんマーシャさん、お代わりもらえますか？」

「あ、は～い」

上手《うま》いフォローが思い浮かばず、政近は何も見なかったことにした。アリサもまた、なんとも言えない表情でグラスを口に運ぶ。いくら姉が相手とはいえ、流石にこれにはツッコめなかったらしい。

「じゃ、じゃあ気を取り直して、今度はカップとボールを使ったマジックを見せようかな！」

二人の気遣いを受け、マリヤは別の道具で仕切り直したのだが……そこからはもうグッタグタだった。全然予告した通りに行かない一方で、見えてはいけないものがいっぱい見えた。そのたんびに飲み物を口に運ぶ政近とアリサ。気付けばシンデレラ四杯目だった。

「うぅ～ん……ごめんねぇ？　わたし、今日はちょっと調子が悪いみたい」

「今日調子悪いのは一番ダメでしょ……」

「いや、まあその、さっきまでは上手くいってたんですよね？　身内相手だと、やっぱり勝手が違いますよね」

度重なる失敗に、流石に冷たいツッコミを入れるアリサ。それに対して、なんとかフォローを入れる政近。そのタイミングで教室の扉が開き、ふとそちらを見たマリヤがパッと顔を明るくした。

「あ、茅咲《ちさき》ちゃ～ん。こっちこっち～」

「ん？　どしたのマーシャ」

マリヤが声を掛けた方を見れば、バーテンダー衣装で、片耳に紫色の石が付いたイヤリングをした茅咲が入ってくるところだった。

パンツルックの衣装が、背の高い茅咲によく似合っている。そのキリッとした容姿も相まって、クールな大人の女性といった雰囲気が漂っていた。

「うわっ、更科先輩かっこよ」

「ははっ、ありがと」

思わず漏らした称賛に、ニコッと笑って答える茅咲。それすらも大人の余裕という感じがして、政近は思わず感嘆の息を吐いてしまう。体感温度が三度下がった。政近は気付かないふりをした。

「ごめんね～わたし、全然マジック上手くいかなくて……このままじゃ申し訳ないから、わたしの代わりにひとつマジックを見せてあげてくれない？」

「え？　ああ、まあいいけど……」

少し目を瞬かせながら、茅咲はベストのポケットを探りながらマリヤと場所を代わると、軽く咳払《せきばら》いをする。

「ンンッ、それじゃあ、あたしからひとつマジックを見せるね？　ここに、一枚のコインがあります」

そう言って、ベストのポケットからゲームセンターのコインを取り出すと、茅咲はそれを軽くテーブルに打ち付けた。

「見ての通り、ただのコインです。手に取って確認してみてください」

カンカンと硬質な音が鳴るのを見せてから、茅咲はコインを政近に差し出す。政近は、それを軽く手で転がして、すぐにアリサに渡した。こういう時観客の手に渡されるコインには、十中八九本当に何の仕掛けもない。むしろ、こうやってる間に何かを仕掛けるか、この後に仕掛けのあるコインにすり替えるのがセオリーだ。それが分かっているからこそ、政近は渡されたコインではなく茅咲の手元に意識を向けていた。

(まあ、見たところ他に道具は持ってないし……コイン一枚でやるコインマジックなら、ギミックは使わず純粋なテクニックかな？)

そんなことをつらつらと考えている間にアリサのチェックも終わり、コインは茅咲の手に返される。すると、茅咲は余裕に満ちた笑みを浮かべて言った。

「それではまず、このコインを二つに分けます」

「二つに分けちゃうんですか」

「えいっ」

「うわぉ」

「えぇー……」

まるで紙でも破くような手つきで、バギバギとコインを真っ二つに裂く茅咲。あっという間に、コインはそれぞれ反対方向に反り上がった半円と化した。

「よ〜く見てください。たしかに、バラバラになってますね？」

「なっちゃってますねぇビックリだ」

「え、いや、え？」

茅咲の手の上で、コインだったものがカチャカチャと音を鳴らす。

「では、これを手の中に握ります」

そう言いながら、茅咲は二つに分かれたコインを右手の中に握り、顔の高さに掲げた。

そして、左手でカウントを開始する。

「行きますよ？　さん、に〜、いち。覇ぁ!!」

おまじないというよりは必殺技の発声にしか聞こえない声と共に、ガキュッと茅咲の右手が握り込まれた。そして、茅咲がゆっくりと右手を開くと——

「見てください！　バラバラになったコインが消えて、パチンコ玉が現れました！」

「お〜」

「パチンコ、玉？」

拍手をしながらも、アリサは小首を傾げる。その気持ちは政近もよく分かった。だって、パチンコ玉にしてはなんかコインみたいな模様が表面に浮いてるんだもん。でも、指摘なんてしない。気付いたところで指摘はしないのがマナーだから。決して怖いからではない。

「どうかな？　面白かった？」

「面白かったというか、すごかったです。世界獲《と》れると思いますよ」

「マジックというか、ミラクルというか……」

アリサの評価に、政近も深々と頷《うなず》く。たしかに、奇術《マジック》というよりは鬼術《ミラクル》だった。そんな後輩の内心に気付いているのかいないのか、茅咲は照れくさそうに頬《ほお》を掻《か》く。

「本当に？　よかったぁ～……師匠に教えてもらった甲斐《かい》があったよ」

「その師匠は一体何者なの⁇」

「えっと、一応あたしのあばあちゃん」

「まさかの後期高齢者……いや、鋼機高齢者であったか」

「楽しんでもらえたならよかった。それじゃあ、マーシャがだいぶ失敗しちゃったみたいだし……お代は気持ちでいいよ？」

「これ見せられた後の『お代は気持ちで』は実質脅迫なんですがそれは」

「え、何が？」

「いえ」

素できょとんとする先輩に規定通りの料金を払い、政近とアリサは教室を出た。

「……やっぱり、ちゃんとしたマジックは見られなかったわね」

「うん……どっちも別の意味でマトモなマジックではなかったな」

マジックよりもすごいナニカを見た気はするが。

「あれ、どうなってたのかしらね……柔らかい金属だったとか？」

「どうだろうな？　そもそもトリックがあったのかどうか……」

「マーシャくらい分かりやすければいいのだけどね。まったく、今日だけでいろいろネタバラシを食らった気がするわ……」

「うん、まあ、ね」

「ハァ、本当によくあんな調子でやっていけてるわね……なんだか、生徒会役員として結構頼られてるとは聞くけど……」

「……」

懐疑的な顔をするアリサに、政近は曖昧な笑みを浮かべる。

きっと、アリサは本心から、マリヤのことをのんびり屋でふわふわした姉だと思っているのだろう。実際、アリサの前ではマリヤは無条件でふわふわしてしまうので、その印象が強くなってしまうのも無理はないが。

(たぶん、しっかりした姉の姿ってのをほとんど見たことないんだろうなぁ)

そう思うと少しもったいない気もするが、アリサに〝頼りない姉〟と見なされるのはマリヤ自身が望んでいることでもあるので、政近は少し惜しい気持ちになりながらも何も言わなかった。

「それじゃあ、そろそろ実行委員会の方に行かないとだし、着替えに向かうか？」

「あ……うん、そうね」

「というか、アーリャのそれは手芸部に行けばいいのか？」

アリサの明らかに力の入りようが違うエルフ衣装を見ながらそう尋ねると、アリサは

「ええ」と頷く。それを受けて、政近は手芸部の部室へと向かった。

「お、久世氏」

「あ、おっす」

ちょうど店番をしていた顔見知りの女子部員と目が合い、政近は軽く手を挙げる。長い黒髪を首の後ろでひとつ結びにした、家庭的な雰囲気をまとうなかなかの美少女。

彼女は政近が中等部生徒会で副会長をやっていた頃に手芸部部長を務めていた同級生で、その縁でいろいろと頼り頼られている間柄だった。所謂《いわゆる》〝オタクに優しい美少女〟であり、その気さくな性格も相まって一部の男子からはかなりの人気があるのだが……政近は、彼女がかつて吐いたとある名言にちなんで、彼女のことをスリットパイセンと呼んでいる。なおもう一度言うが、彼女は同級生である。

「今日は展示を見に来た……わけじゃなさそうだね」

「うん、本題はアーリャの着替え」

「了解。その衣装作った子たち呼ぶね？　あ、ついでだから待ってる間に見てってよ」

そう促されて部室に入ると、そこには様々な衣装がマネキンやトルソーに着せられ展示されていた。王道のウェディングドレスに始まり、ゴスロリ衣装や踊り子風衣装やはたまたタキシードや軍服など、作り手の趣味全開な作品が所狭しと飾られている。

「なん、つーか……すごいな。コスプレショップみたいだ」

「実際、似たようなもんかな。みんな本当に好き勝手作ってるから」

「うわ、これレース細かっ、なんだかんだでレベルは滅茶苦茶《めちゃくちゃ》高いんだよな……」

「このドレスとか、本当に売り物みたいだものね……」

その凄《すさ》まじい完成度を誇る衣装の数々に、政近とアリサは本来の目的も一時忘れて見入ってしまう。そして、各々で自由に見学をしている最中に、政近はふとスリットパイセンを見て尋ねた。

「なあ、アーリャがあのエルフの服を着てるってことは、この展示って貸衣装もしてるのか？」

「え？　いや……う〜ん、基本的には受けてないけど、作った子がいいって言えば？」

「つまり、モデルとしてお眼鏡に適《かな》えばってことか」

「ま、そういうこと。あとまあ単純に、サイズの合う合わないはあるしね。多少ならその場で調整できるけど」

「そうか……じゃあ、ちょっとお願いがあるんだけど……」

二人でコソコソと相談していると、不審そうな顔をしたアリサが近付いてきて、政近は話を切り上げる。

「？　何かあったの？」

「いや？　お前のコスプレがクオリティ高過ぎて、めっちゃ写真撮られそうになったって話をしてただけ」

「そうそう、まあ撮りたくなる気持ちも分かるけどね〜」

即座に合わせてくれるスリットパイセンに内心感謝しつつ、うんうんと頷く政近。すると、アリサも特に疑う様子もなくちょっと渋い顔をした。

「別に今に始まったことじゃないけど……よく知らない人に写真を求められるのは、反応に困るわね」

「あ、普段から声掛けられたりするんだ」

「時々ね……毎回断ってるけど」

「それはまた……美人も大変だな」

同情を込めてそう答えると、アリサは斜め下辺りに視線を向け、髪をいじりながら呟《つぶや》く。

【あなたになら……撮られてもいいけど】

これには、政近も素で「マジか」と思った。

今のアリサを撮りたいか撮りたくないかと問われれば、間違いなく撮りたい。こんな超クオリティのリアルエルフさん、絶対記録に残したい。だが、他の人間の写真撮影を拒否した手前、頼むことも躊躇《ためら》われたのだが……

（くっ、どうする……？　頼めば撮らせてくれると分かったが、それでも頼むのが恥ずいことには変わりない……！　だ、だが、一時の恥とアーリャの写真、どちらを取るかと言われれば……ッ！）

数秒の間に強烈に悩み、政近は結論を出した。

「アーリャ」

「？」

「この流れで言うのもなんだけど……着替える前に、記念に写真撮らない？　ほら、せっかくだし」

出来るだけ何気ない風を装って、スマートに尋ねる政近。すると、アリサはピクッと眉を動かした後、ニマーッと愉《たの》しそうに目を細める。

「ふぅん？　そんなに撮りたいの？」

「……まあ、こんなリアルエルフさんを前にしたら、一オタクとしちゃな？」

「……ふ～ん」

政近の言い分に少しだけ興が削《そ》がれたような顔をしつつ、アリサはピンッと髪を弾きながら言った。

「そ。まあ、いいわよ？」

「おお、そうか。じゃあ――」

そこでつんつんと肩をつつかれ、振り向くとスリットパイセンがニヤッと笑いながら隣の部屋を指差す。

「そういうことなら、普段衣装をしまってる部屋が使えるよ？　貸そうか？」

「お、おう、助かる」

「おっけ」

スリットパイセンに連れられて隣に部屋に移動すると、そこは左右に棚が並んだ物置になっていた。全体的に少しほこりっぽかったが、奥の窓際には綺麗《きれい》に掃除されている空きスペースがあり、スリットパイセンはそこを指差す。

「あそこ使えばいいよ。イイ感じに陽《ひ》が差し込んでて、映えそうでしょ」

「おお、たしかに」

言われるままアリサにそこに立ってもらうと、たしかになかなかいい感じだった。部室棟は西洋風建築なので、エルフとの親和性も悪くない。加えて逆光なのがまた、どこか神秘性を増していた。

「それじゃ、わたし店番あるから」

「あ、うん。ありがとな」

「構わんよ」

イケメンなことを言いながらスリットパイセンが出て行くのを見送り、政近はスマホを取り出す。

「それじゃあ、早速……いいか？」

「えっ、と、ポーズは……」

「いや、とりあえずそのままでいい」

「そう？」

物は試しということでカメラを起動し、画面を見ながら露出を上げていくと……

「おぉ……」

そこにいたのは、まさに神秘的なエルフだった。カメラのレンズを通して見ると、ますます非現実味が増している。

「それじゃあ、撮るぞ」

「え、ええ」

お互いにちょっと緊張しながら、カシャッとシャッターを切る。そうして撮れた写真を見て、政近は思わず感嘆の息を漏らしてしまった。

「すごい、綺麗だ……」

「え、そ、そんなに？」

「うん……」

「そ、そう？　じゃあ、もうちょっと撮る？」

「是非」

もはや恥ずかしさなど意識せずに、政近はド直球に頼む。すると、アリサはまんざらでもなさそうにしながら、ちょっと視線を逸《そ》らした。

【ついでに……愛《め》でる？】

(愛でない)

【頭くらいなら……撫《な》でてもいいわよ？】

(……撫でない)

内心「有希に言った冗談まだ引きずってたのかよ……」と思って遠い目になりながら、

政近は繰り返しシャッターを切る。ポーズを変える度、シャッターを切る度にまた違う魅力が出る気がして、政近はどんどんのめり込んでいった。そして、シャッター回数が三十回を超えた辺りで、

「ん？」

政近はふと違和感を覚え、今しがた撮った写真を確認する。

「!?」

確認して、ぎょっと目を見開いた。なんと、画面に映るアリサの白いスカート。そこに……アリサの下半身のシルエットが、くっきりと透けていたのだ。

どうしてそうなったのかは分からない。恐らく、たまたま窓から強い光が差し込み、そこにカメラ側の設定が何か奇跡的に嚙《か》み合ってしまったのだろう。

別に、下着が透けているとかは全くない。全くない、が、ただ……白いスカートに浮かび上がるアリサの脚線美は、なんだかすごく、煽情《せんじょう》的だった。

「どうしたの？」

「あ、いや……」

アリサの疑問に反射的に否定を返してしまってから、政近は猛烈に悩んだ。

この奇跡のショットに、アリサは気付いていない。加えて、別に下着とか際どいところとかが写ってしまったわけでもない。それでも紳士としては、これはやはり削除すべきだろう。だが一人の男としては、この奇跡のショットを削除してしまうのは実に惜しい。本

ッツ当に惜しい。

(どうする？　正直に言うべきか？　でも、正直に言ったらたぶん消されるよな……別にわざと撮ったわけじゃないしというか狙っても二度と撮れんぞこんなの!!)

政近はわずか三秒の間に物凄《ものすご》く悩み、悩み、悩み……脳内に出現した天使マリヤが、何かを言う前に瞬で小悪魔有希に吹き飛ばされ……

「なんでもない。なんかちょっと余計なもんが写り込んでただけ」

見なかったことにした。うん、今のは気のせいだよ。なんか光の加減で変に影がついちゃっただけなんだよそうに決まってる。全力で自分に嘘を吐きながら何事もなかったかのように撮影に戻る政近に……アリサはスゥッと目を細めて言った。

「見せて」

「え？」

「撮った写真、見せて」

そう言うや否や、アリサは固まる政近の手から素早くスマホをひったくってしまう。

「あ──」

「……政近君」

「はい」

止める間もなく、アリサの指が直前に撮った写真を呼び出して──

「なにこれ」

冷ややかな表情で尋ねてくるアリサに、政近は瞑目《めいもく》し……交渉力を、全開にした。
そしてその後、屁理屈《へりくつ》を感覚的な芸術論でコーティングした五分間に亘《わた》る超絶論理展開で、政近は「これは芸術であって全くもってエロくないのであります！」という主張を無《む》理矢理《りやり》アリサに呑《の》み込ませてしまった。そうしてなんとか、誰にも見せず厳重に管理するという条件で、この奇跡のショットを保存する権利を勝ち取ったのだが……

【やっぱり、脚フェチスケベ男……】

アリサからの好感度は、少し下がった気がした。

第4話 正直かなり心は揺れた

家に帰ったら、黒髪清楚《せいそ》な美少女幼馴染《おさななじ》みが三つ指をついて出迎えてくれる。はたまた一人暮らしの家に帰ったら、可愛いメイドさんが出迎えてくれる。どちらも健全なオタク男子であれば、誰もが心惹《ひ》かれるシチュエーションだろう。政近《まさちか》とて、それに異論はない。

「お帰りなさいませ、政近様」

「お、おぉ……」

だからこそこれも、一見するとオタクにとっては夢のようなシチュエーションだろう。玄関上がってすぐのところで、美しい所作で頭を下げる幼馴染みの美少女メイド。メイド服の上を長く艶やかな黒髪が流れ、さながらベールのように広がる姿はまさに大和撫子《なでしこ》。だが……その姿勢がお辞儀ではなく全力土下座であったなら、話は別だった。

「……何してんの？」

三つ指どころか手のひら全体を床に押し付け、その両手の間に額をこすりつけている綾乃《あやの》。一体、どれだけの時間その姿勢で待機していたのか。これには流石の政近もドン引きだった。

「いくら勝負とはいえ、この度は政近様に対して数々の――」

「おいおいナチュラルにそのまま説明すんな。まずは頭上げろよ」

「いえ、まずは謝罪を――」

「お前がそこで頭下げてたら、俺が靴を脱げないんだが？　まず主人を迎え入れるのが、メイドとしての正しい振る舞いじゃないのか？」

頑《かたく》なに頭を上げようとしない綾乃に、政近はメイドとしての礼儀を突き付ける。そうすることで、強制的に土下座を解除させようとしたのだが……この幼馴染みは政近の想像を超えていた。

「どうぞ、そのままわたくしの体を踏み越えていってください」

「おいサラッと性癖を出すな。『オレを踏み越えてけ』って言っていいのは捨て駒になった戦友キャラだけだぞ」

「つまり捨て駒になるところから始めよ、と……？」

「違う」

真顔で否定してから、政近は溜息《ためいき》を吐きながらしゃがんだ。そして、意識して冷徹な表情を作ってから、真剣な声で呼び掛ける。

「綾乃」

「！」

政近の声音から何かを察したのか、綾乃が遠慮がちに顔を上げた。その顔をぐっと覗《のぞ》き込みながら、政近は静かに問い掛ける。

「なんで、主人《俺》がメイド《お前》に指示されないといけないんだ？」

「!!」

「立て」

「はいっ！」

政近の指示に、綾乃は弾かれるように立ち上がった。それを見届けてようやく靴を脱ぎ、政近は玄関を上がりながら言う。

「クイズ対決でのことを謝ってるなら、謝る必要はない。あれは勝負だったし、お互いに正々堂々やったことなんだからな。むしろ、俺に遠慮して手を抜いたってんなら怒ったかもしれないが」

「そ、そのようなことは……」

「だろ？　だったら謝罪は不要だよ」

そう言って軽く肩を叩《たた》くと、綾乃は政近の鞄《かばん》を受け取りつつ、

「その、教室での秘技の——」

「それはもう触れるな」

サラッと傷口をえぐろうとするので、真顔で遮る。そして、政近はそれ以上言わせないようさっさと洗面所に向かった。手洗いうがいを済ませ、自室に戻ろうとすると、綾乃に濡《ぬ》れタオルの入った洗面器を渡される。

「どうぞ、こちらで汗をお拭きください」

「ああ、ありがとう」

これには素直にお礼を言い、政近は自室で制服を脱ぐと、濡れタオルで体を拭いた。そうして部屋着に着替えたタイミングで扉がノックされたので、入室を許可する。

「失礼します」

そう頭を下げながら入って来た綾乃は、素早く濡れタオルの入った洗面器と、政近が脱いだ制服を回収した。

「ああ、そんないいのに……」

「いえ、どうせ洗面所に持って行きますので」

「そうか、ありがとう」

「もったいないお言葉です」

そう答えながら、誤って変なものを洗濯してしまわないよう、回収したワイシャツの胸ポケットを何気なく探る綾乃。その動きが一瞬止まり、綾乃の右手が、胸ポケットから一枚の紙を引っ張り出した。否、それは紙ではなく……沙也加《さやか》と乃々亜《ののあ》がやっていたメイド喫茶で撮った、乃々亜とのツーショットチェキだった。

「あ、それ――」

その事実に気付いた政近が、反射的に声を上げたのと。手の中のチェキを裏返し、綾乃がその表面を視認したのは、奇《く》しくも同時だった。

瞬間、綾乃の瞳孔がガン開く。

「いや怖っ」

無表情のまま、焦点の合わぬ瞳でチェキを凝視……と言えるのかは疑問だが、とにかく穴が開くほどチェキを見つめる綾乃。その異様な光景に、政近の背筋をぞわっと危機感が這《は》い上がった。

（あれ？　これってもしかして……奥さんにキャバクラの名刺を発見されたサラリーマンの図、か？）

昼ドラで見たことあるようなないようなシチュを連想しつつ、政近は平静を装って事情を説明する。

「あぁ〜それ、D組とF組の出し物に行った時のだな。食事をしに行っただけなんだけど、無駄に強運発揮してチェキゲットしちゃったんだよね」

なぜだろうか、事実を話しているだけなのに、言い訳がましくなってしまうのは。これ以上言葉を重ねてもますます言い訳っぽくなる気がして、政近はそこで口を噤《つぐ》む。

すると、政近の弁明を聞いていたのかいなかったのか、特に反応を見せなかった綾乃が……真っ黒な瞳のまま、ぽつりと呟いた。

「……分かりました」

「いやごめんやめて？　瞳孔開いてる人の『分かっちゃった』は『なんで』連呼よりも更に怖いから。絶っっっ対分かってないよね？」

引き気味にそう言う政近の方を見もせずに、綾乃は感情の宿らない声で淡々と答える。

「いえ……わたくしのご奉仕に、ご満足いただけていなかったというだけの話ですので」

「いやだから聞けよ。お前の仕事に満足できなくて他のメイドに浮気したとか、そういうわけじゃなくて……」

弁明をする政近に、綾乃もゆっくりと顔を向けた。少なくとも、指示通りに話を聞くだけの冷静さは保っているようだと安心しつつ、政近はメイド喫茶のメイドと本職のメイドを一緒にするのは間違っているという旨を懇々と説く。

「……と、いうことだ。分かったか？」

「はい、分かりました」

「そうか、それならよかった」

綾乃がゆっくりと頷《うなず》いたことで、ほっと胸を撫《な》で下ろした政近だったが……安心するのはまだ早かった。

「主に気を遣わせてしまうなど、メイド失格……！」

「話通じねぇなぁ!?」

悲鳴交じりに叫ぶ政近に、綾乃は真っ黒な瞳のまま見事なカーテシーを決めると、うっそりとした声で言う。

「今宵《こよい》は……全力で、ご奉仕させていただきますね？　ご主人様」

可愛いメイドによるご奉仕宣言。これまた、オタクであれば誰もが心躍るシチュエーシヨンだろうが……それを聞いた政近は、ただ背筋にぞっとしたものが走るのだった。

◇

「……」

「……お、新しい動画出てる」

「……」

（いや集中できん!!）

パソコンで適当にネットサーフィンをしながらも、政近はとにかく背後が気になって仕方がなかった。

「全力でご奉仕」という言葉に最初は警戒してしまったが、幸い今のところ、綾乃は特に行き過ぎた行動はしていない。ただ……ずっと、部屋の隅にいるだけで。物音ひとつ立てず、ずぅ～っとそこにいるだけで。

しかしそこは流石と言うべきか、気配はおろか視線すら感じない。感じないが、普通にそこにいるって分かってるからやっぱり落ち着かない。しかも振り向けば、真っ黒な瞳がじぃっとこちらを見ているのだ。ホラーかな？

（マ、マジで落ち着かねぇ……！　有希《ゆき》はいつもこんな状態で過ごしてるのか？　よく平気だな……）

妹の図太さに恐《おそ》れ戦《おのの》き、しかしすぐに「いや」と思い直す。

（考えてみれば、俺も昔は平気だったか。やっぱり慣れと……お互いに成長したのがなぁ）

周防《すおう》を離れて以来、政近は家に一人でいることが当たり前になってしまった。加えて、いくら幼馴染みとは言っても、政近と綾乃は年頃の男女だ。普段はあまりそういうことは意識しないが、やはり有希を相手にするようにはいかない。

（あいつだったら別に部屋にいても気にならないんだが……というか綾乃が思いっ切り仕事しようとしてるのに、堂々と遊ぶ気にはならんのよ……）

流石に、幼馴染みを棒立ちで待機させておいて、平然とベッドで漫画を読む図太さは政近にはなかった。じゃあ綾乃を休ませれば、と思うのだが、

「あ〜綾乃？」

「はい、ご主人様」

「そんなところで棒立ちしてても手持ち無沙汰だろ？　俺も普通に暇潰ししてるだけだし……さっきも言ったけど、好きなことしてていいんだぞ？」

「これが、わたくしの好きなことですので」

「あ、そう……」

さっきからこの調子なので、もうどうしようもないのだ。

「というか、その〝ご主人様〟っていうの……」

「……何か、ございますか？」

「いや、単純に落ち着かないっていうか……」

歯切れ悪くそう言うと、綾乃は目を見開いて政近をガン見する。

「ですが……呼ばせたのですよね？　わたくし以外の女性に。ご主人様と」

「え、そこブチギレポイントなの？」

真顔で問い返すが、綾乃は何も答えない。いや、よく聞くと口の中でぶつぶつと何か言っていた。距離もあるせいで聞き取れないが……人形のように無表情で瞳孔の開いた美少女が、口の中で何かを呟いている様は恐怖でしかなかった。どう見ても呪詛《じゅそ》を唱えているようにしか見えなくて、政近は無言で前に向き直る。

（あ～気が休まらん）

そして内心でそうぼやき、政近は何気なく肩を回した。途端、背後で気配が揺らぎ、政近の背筋にゾクゾクッと危機感が走る。直後、

「ご主人様」

「ぉ、おう」

すぐ背後で声がして、政近は右肩を跳ね上がらせたままぎこちなくそちらを見上げた。するると、相変わらず真っ黒な瞳をした綾乃が、謎の迫力をまといながら静かに言う。

「よろしければ、マッサージをいたしします」

「……マッサージ？」

「はい、ご主人様は肩が凝っていらっしゃるご様子。最近お忙しくされてましたし、よろしければ」

「あ、あぁ～……なるほど」

疲労が溜《た》まっている主人のために、肩もみをしようと言うのだ。これはシンプルに有り難いし、受けてもいいように思える。が……

（うん、いやらしい予感しかしない）

先程の「全力でご奉仕」という宣言を考慮すると、オタク的には警戒せざるを得なかった。もう、ただのマッサージで済む気がしなかった。

「そう、だなぁ……う～ん」

「常日頃から有希様にもさせていただいておりますが、大変ご好評をいただいております」

「有希にも？　ああ、そういうことなら……お願いしようかな？」

綾乃のご奉仕欲を解消させてやるためにも、ここは受けようかと政近は思い直す。有希を相手にやっているマッサージなら、おかしなことにはならないだろうと……

「では、ベッドに横になってください」

（いやらしい予感しかせん）

思わず、口に出してツッコみそうになった。

「いや、肩をもむだけなら椅子でいいんじゃ……」

「せっかくですので、全身くまなく凝りをほぐしましょう」

「おっほう、全身、ね」

「はい、すっきりしますよ？」

「狙って言ってない？」

「？　何がでしょうか？」

疑問符を浮かべる綾乃を、政近はじっと見つめる。が、その無表情から内心は読み取れず、唯一感情が出るはずの目も今は真っ黒で何も読み取れない。

（というか、やっぱり怖いわ。ねぇなんで真っ黒なの？　それどういう感情なの？）

なんとなく、断ったら断ったで恐ろしい気がして、政近は警戒しながらもベッドにうつ伏せになった。すると、綾乃が「失礼します」と言いながら背中の上に跨《また》がってきて、政近は体を強張《こわば》らせる。

（だ、大丈夫だ。なんか変に体を押し付けられたり際どいところ触られたりしても、絶対に気にしない！　気にしないぞ!!）

覚悟を決めて、綾乃のマッサージに挑む政近だったが……結論から言うと、至って健全なマッサージであった。特に過度な肉体的接触が行われることもなく。

「あぁ……気持ちよかった」

「それはようございました」

「ああ、ありがとう。あとごめん、腐れオタクで」

「？」

綾乃が疑問符を浮かべている気配は感じるが、やましいところしかないので詳しくは何も言わない。まさか、くんずほぐれつした挙句、固くなった下半身まですっきりさせられる展開なんじゃないかと思っていただなんて言えるはずもない。

「それでは、わたくしはお夕食の準備をいたしますね？」

「おお、ありがとう……」

「とんでもないです。それでは」

綾乃が音もなく出て行くのを視界の端で確認しながら、政近はぐでーっとベッドに体を預けた。

綾乃にもみほぐされた肩や腰がじんわりと心地よい熱を持っていて、なんとなく動かす気になれない。その心地よい熱に浸っていたくて脱力していると、心地よい熱が全身に広がって瞼《まぶた》が重く………

「──様、ご主人様」

「んぁ？」

軽く肩を揺すられて目を開くと、綾乃が真っ黒な瞳で覗《のぞ》き込んでいて少しビクッとする。

「……ぁやの？」

「はい、ご主人様の綾乃です」

「……すまん、寝てたか」

「お疲れだったのでしょう。お夕食は出来ておりますがいかがいたしますか？　先にお風呂にいたしますか？　それともおっ」

「いや、食べるよ」

「……左様でございますか」

なんだか不穏な発言がされそうだったので、政近はさっさと起き上がった。そのままリビングに移動すると、既にテーブルには料理が並べられている。

「お疲れのご様子でしたので、冷しゃぶにいたしました」

「おお、いいな。今日も十月にしちゃ結構暑かったし……コスプレしてたのもあるけど」

ただ、気になるのが一点。

「……なんで俺の分だけ？」

一食分しか用意されていないテーブルを見てそう問うと、綾乃は当然のように答えた。

「メイドが主と同じテーブルで食事をするわけには参りません」

「いや、しろよ。いつもしてるじゃん」

「今宵のわたくしはいつもとは違うのです」

「そう言われるとなんかカッコイイな」

「……お肉を茹《ゆ》でるのにもまた時間が掛かってしまいますので、どうかお気になさらず」

そう言いながらスッと椅子を引くので、政近は仕方なく腰掛ける。すると、綾乃はキッチンの炊飯器へと向かった。

「ご飯の量はいかがなさいますか？」

「ああ、まあいつも通りで」

「畏《かしこ》まりました」

そうして、ふんわりと綺麗《きれい》にご飯をよそうといそいそと持ってくる。更にコップに水を注ぐと、そのまま自然に政近の斜め後ろに立った。

「……いただきます」

「はい、どうぞ」

豚しゃぶとたっぷりの生野菜にポン酢を回しかけ、一緒に口に運ぶ。シャキシャキとした野菜と豚肉がポン酢で結び付けられ、そこにホカホカの白米が合わさることで、口の中で完璧なコラボが完成する。

「……おいしいよ」

「ありがとうございます」

うん、間違いなくおいしい。ただ、やっぱり背後が気になる。絶妙なタイミングで手元に置かれる布巾や調味料、追加される水にご飯、食べ終えた先からスマートに片付けられる食器。この上なく完璧な給仕だったはずなのだが……政近はイマイチ料理に集中できなかった。

（う〜ん、周防にいた頃はこれが普通だったはずなんだが……やっぱり感覚が庶民化しているなぁ）

そんなことを考えていると、斜め後ろから声を掛けられる。

「ご主人様、よろしければ耳かきはいかがでしょうか」

「み、耳かき？」

「はい」

口では「いかがでしょうか」と尋ねながらも、綾乃は政近の隣の椅子に座ると「どうぞ」と自分のふとももをポンポン叩《たた》いた。

（えっと……これは実質強制では？）

相変わらず真っ黒な瞳でじぃっと見つめられては、政近に断るという選択肢はない。

「じゃあ……お願いしようかな」

そう言いながらおずおずと綾乃のふとももに頭を乗せると、柔らかな感触と共にふわりといい匂いが鼻腔《びこう》を刺激した。

（う……というかメイド服で耳かきとか、これまた怪しいお店な雰囲気が……）

そんなことを考えて体を固くしていると、「失礼します」という声に続いて耳かきが開始される。

（あ……でも、これもなんか気持ちいいな……）

誰かに耳かきをしてもらうなど何年ぶりのことか分からないが、思った以上によかった。頭や頬《ほお》を綾乃の細い指が軽く撫《な》で、耳の中をコリコリと少しくすぐったい絶妙な刺激が襲う。最初は思わず背中がぞくっとしてしまいそうだったが、だんだんとその刺激が心地よく、このままずっと続けてもらいたい気分になってきた。

（あぁ～めっちゃいい……なんか安心する……）

頬に触れる綾乃の体温と耳かきの心地よさで、政近はだんだんうっとりとしてきて……

そこで、ちょうど綾乃の手が離れた。

「はい、それでは反対を向いていただけますか？」

「ぇ？　ああ……」

少しばかりの残念さを感じつつ、政近は何気なく体を反転させる。そうして視界が綾乃のメイド服で埋まってから、そこでようやく「ん？」と思った。

（あれ？　これ……体勢的になかなかじゃないか？）

メイド服でよく分からないが、冷静に考えれば綾乃の下腹部に鼻先が埋まりそうな状態である。これは……いくらなんでもちょっとマズいのではないのか。そう思ったタイミングで再び耳かきが始まり、その絶妙にこそばゆい感覚に政近は再び脱力してしまった。

（ふぁっ……ああ、まあもういいか……）

緩んだ頭で「気になるなら目を閉じればいいか」と判断し、政近は綾乃に完全に身を任せる。頬や鼻先に感じる熱と感触に、なんだか頭を優しく抱き締められているような感覚に陥りながら……政近は至福の時を過ごした。

「……めっちゃ気持ちよかった」

自分の部屋に戻った後、政近は思わずそう呟《つぶや》く。綾乃が食事中で部屋にいないのをいいことに、耳に残る気持ちのいい感覚にしみじみと浸っていた。そのまま、しばらくダラダラと過ごして……ふと思い立つ。

（そうだ、今の内に風呂に入っておいた方がいいな）

　時間的に、綾乃は皿洗いをしている頃だろう。綾乃のスーパーご奉仕タイム（政近命名）で、一番警戒すべきはお風呂だ。政近には分かる。綾乃の手が空いているタイミングでお風呂に入れば、十中八九「お背中お流しします」と言われると。

（そろそろお風呂も沸くだろうし、綾乃が家事してくれてる間にサクッと入っちゃお）

　そう決め、政近は着替えの服を持って部屋を出た。着替えを背中に隠し、トイレに行くような振りをして洗面所へと向かう。そうして脱衣かごに着替えを置いて、念のため扉を閉めておこうと振り返ったら普通に綾乃いた。

「うぉっ⁉」

「お背中、お流しします」

「やっぱりかよ！」

　あまりにも予想通り過ぎる展開に、政近はのけ反りつつもツッコミを入れる。

「いやダメだろ！　普通に考えてそれはダメ！」

「問題ございません。準備は万全です」

　政近の断固とした拒否にも眉ひとつ動かさず、綾乃はなんとその場でメイド服を脱ぎ始めた。

「いや、ちょ、何して――」

言っている間にメイド服がストンと床に落ち──現れたのは海でも見た水着。あ、あと武器。ニーソと、水着と、ヘッドドレスと武器。

(う〜ん、マニアック)

そんなアホな感想を抱いている間に、綾乃は武器を外してニーソも脱ぐと、先にお風呂場に入ってしまった。

「え、ちょ──」

止める間もなくお風呂場の扉が閉まり、政近は固まる。

「……え、気にせず入れと？」

今までの感じからして、綾乃はこうなったらテコでも動かないだろう。政近が入らなければ、延々お風呂場で待ち続けるはずだ。

(う、うぅ〜ん、いや、う〜ん……水着を着てるなら、まあ、いいか？　というか、なんであの水着がここに？　有希の部屋に置いてあったのか？)

そこは謎だが、水着を着ている時点で、綾乃もその辺りの分別は付いているということだろう。実際、これまでも政近が勝手に警戒していただけで、いかがわしいことには全くなっていない。夏休み中には政近に全裸を晒すという一件もあったが、どうやらその時の反省は活かしているようなのだ。となれば……ここは、綾乃を信用して綾乃が満足するまで付き合ってやるのもありなのではないか……

(いやまあ、うん。正直マッサージと耳かきが気持ちよ過ぎて、背中を流すっていうのに

も興味が湧いてたりもするけども）

誰かに背中を流されたことなど、物心ついてからは一度もない。マッサージと耳かきであれほどのテクを披露した綾乃に、背中を流されたらどうなるのか……政近は若干の罪悪感を覚えながらも、好奇心を抑え切れなかった。結果、政近は少し迷ってから服を脱ぎ、腰にしっかりとタオルを巻いてからお風呂場に足を踏み入れる。

そして、風呂椅子の後ろでちょこんとしゃがんで待っている綾乃に、努めて冷静に告げた。

「背中を流すだけだぞ。それが済んだらすぐ出ろよ」

「はい。……よろしければ、シャンプーもいかがでしょうか？」

「ん？　あぁ……じゃあ、頼む」

なるべく綾乃の方を見ないようにしながら、政近は風呂椅子に腰を下ろす。そうすると、綾乃が早速シャワーを出し、水温が上がってから政近の頭を洗い始めた。そうしてまずシャンプーが始まったのだが……

（うわぁ、マジかよ。これもめっちゃ気持ちいい……）

理容室で髪を切った後にしてもらうシャンプー。あれも気持ちいいと思っていたが、これはそれ以上だ。綾乃の細い指が絶妙な力加減で髪を掻《か》き雑《ま》ぜ、頭皮を刺激し、すごく心地がいい。

「力加減は大丈夫ですか？」

「ああ、バッチリだ」

目を閉じ、政近は頭に触れる感触に意識を集中する。

(もしかして、有希は毎日これをされてるのか……？　だとしたら正直羨ましいぞ妹よ。いや、でもあの髪の量だと、綾乃は大変そうだな……)

そんなことを考えている間に、至福の時間はあっという間に過ぎてしまう。そしてやはりというか、今回もまた全くいかがわしいことにはならなかった。

綾乃は約束通り、政近の髪を洗って背中を流すと、さっさとお風呂場を出て行った。決して、「それじゃあ次は前を──」な～んてことにはならなかった。

(……うん、俺の考え過ぎだったみたいだな)

お風呂上がりに、政近は自室にて気まずさと気恥ずかしさを覚える。綾乃の「全力でご奉仕」という言葉と、己のオタク知識に振り回されて不埒《ふらち》な妄想をし過ぎた。なんだか未《いま》だに瞳が真っ黒なのと〝ご主人様〟呼びなのは気になるが、綾乃は恐らく、普段有希にやっていることを性別の垣根を越えてやっただけなのだろう。

それに、きちんと異性だということにも配慮して水着などの準備もしていた。綾乃はメイドとしてのプライドに懸けて精一杯お世話をしただけなのに、この腐れオタク脳は勝手に警戒していかがわしい妄想ばかりして……

「うん、ちょっと死にたくなってきたな☆」

脳内で小悪魔有希に「ホントはちょっと期待してたんじゃないのか？　え？　このドス

ケベがよぉ」と死体蹴りされ、天使マリヤに「男の子だもの！　仕方ないわよ！」とフォローの形をした追撃をされながら、政近は猛省する。と、

『ご主人様、よろしいですか？』

「あ、うん」

扉がノックされ、政近はぐだーんとなっていた姿勢を正した。

「失礼いたします。ホットミルクをお持ちしました」

「おお、ありがとう……至れり尽くせりだな」

受け取ったコップに口を付けると、ハチミツと牛乳の甘さがほんのりと口の中に広がり、思わず笑みが漏れてしまう。なんだか心まで温かくなって、政近は自然とお礼を口にしていた。

「ありがとな、綾乃」

「いえ、このくらい大したことではございません」

「いや、それだけじゃなくて……いつも有希の世話をしてくれてることも、な」

「？」

綾乃が小首を傾げる気配を背中で感じながら、政近はミルクの液面を見つめたまま続ける。

「今日、お前に全力でお世話してもらって……普段から、有希のことをどれだけ考えてくれてるのか分かった気がするよ。いつも、有希のことを一生懸命お世話してくれてるんだ

ろうなぁと思ったら……どうしてもお礼が言いたくなって」

　そこで、政近は笑みを少し苦いものに変えた。

「本当は、有希を気遣ってフォローするのは俺の役目なんだけどな……つくづく、俺は兄失格だ」

「そのような──」

「事実だよ。理由はどうあれ、俺が有希に全部押し付けて周防を出たことに変わりはない。そして今も、自分でもよく分からない気持ちに衝《つ》き動かされて、あいつじゃなくアーリャを生徒会長にしようとしてる……だから、俺にはそもそもお礼を言う資格もないんだろうけどな」

　そう言いながら、政近は少し苦みを宿した優しい笑みで綾乃を見上げる。その瞳を真っ直ぐに見つめ、政近は心から告げた。

「それでも、ありがとう。お前があいつの傍にいて、あいつのことを誰よりも考えていてくれる。俺は、それが本当に嬉《うれ》しいんだ。これからも……あいつの、一番の味方でいてあげて欲しい」

　政近の言葉に、綾乃は大きく目を見開く。その瞳に光が戻り……綾乃は微《かす》かに笑った。

「もったいない、お言葉です。政近様」

　万感の思いを込めた返答を受け、政近も笑みを返す。二人の間に穏やかな空気が流れ、政近はもう一口ミルクを口に運んだ。

「これ、おいしいな。有希も好きなのか？」

「はい。とても気に入っていただいております」

「そうか……考えてみれば、お前から有希の話を聞くことはあまりなかったな」

「お望みとあらば、いくらでもお話ししますよ」

「ああ、そうだな。いいかもしれない」

互いに笑みを交わし、主従はしばし有希のことを語り合った。そうして政近のホットミルクがなくなった頃、綾乃が時計を確認してベッドから腰を上げる。

「そろそろ、お休みの時間でしょうか」

「ああ、そうだな……明日も忙しい。ホットミルクで程よく体も温まったし、今日は早めに休もうかな」

「左様でございますか……では、お代わりはよろしいですか？」

「大丈夫だ。ありがとう」

政近から空のコップを受け取り、綾乃はそこで、ふと何かを思い付いたように目を瞬かせた。

「そうです、政近様」

「ん？」

「おっぱい枕はいかがいたしますか？」

「台無しだよこのバカ!!」

「有希様には大変気に入っていただいております」

「あンのアホ妹がぁ!!」

穏やかな空気を切り裂き、政近の咆哮《ほうこう》が響き渡る。そこで政近のスマホがブブッと振動し、画面に『なんかごめん』という有希からのメッセージが表示された。

……ちなみに、おっぱい枕は断った。すごく興味はあったが、鋼の意志で断った。

第5話　元気は出たよ、ある意味

秋嶺祭《しゅうれいさい》二日目。政近《まさちか》は実行委員会の仕事の合間に、毅《たけし》と光瑠《ひかる》を誘って校庭を回っていた。

「いいのか？　実行委員の仕事は」

「ああ、しばらくは大丈夫。なんせ先輩方が敏腕だから」

「ははっ、まあ現生徒会長と前生徒会長が手を組んでるんだしね」

「それに元々、現生徒会長と副会長のメインの仕事は来光会への対応だからな。あの二人がいなくても回るようになってるんだから、俺一人いなくても大して支障はないさ」

「あ〜来光会な……今日来るんだっけ」

「具体的に、誰が来るかは分かってるの？」

「いや、そこは会長と更科《さらしな》先輩の管轄だから……俺も詳しいことは知らん。正直あんま興味もないし」

「そうなのか？　この機になんとかお近付きになりたいって考える奴は多いみたいだが」

周囲の出し物に目を向けながら、「入り口の飾りつけを工夫して、頑張って気を惹《ひ》こうとしてたりとか」と続ける毅に、政近は肩を竦《すく》める。

「俺は、親が外交官ってだけの一般市民だからなぁ」

「いや、親が外交官はなかなか立派だと思うが……しかもキャリアだろ？」

「この学園ではそんなに特別でもないだろ。というか、そのくらいじゃないとそもそも入試の面接通らない説あるし」

「ああ、まあ……家柄と親の職業でかなりフィルタリングされてるって噂はあるよね」

「それと、コレな」

言いながら親指と人差し指で円を作る毅に、政近と光瑠も苦笑する。

「ま、そういうこと。って、そんな話はどうでもいいだろ？　とにかく、俺はしばらくフリーだから」

「そっか。あ、たこせんある。買おうかな……二人はどうする？」

「オレはいい」

「俺も……気にせず買ってこいよ」

「分かった。じゃあちょっと待ってて」

そう言い置くと、光瑠はたこせんべいの屋台に向かって行った。その背を見るでもなく見ていると、不意に毅がニヤッと笑って声を掛けてくる。

「そういや、昨日はどうだったんだ？」

「昨日？　……クイズ対決のことか？」

「違うって！　その後にさぁ……アーリャさんとデートしてたろ？」

「あぁ。まあデートっていうか……見てたのか？　声掛けてくれりゃよかったのに」

「いやぁ、まあ」

政近の言葉に、毅は曖昧に笑うと光瑠の方をチラリと見た。

（なるほど、お前は声を掛けようとしたけど、光瑠に止められたってことね）

その意図を正確に読み取り、政近は微苦笑を浮かべる。

「別にそんな気ぃ遣わなくてもよかったのに」

「いや、でもなんかいい雰囲気っぽかったし……実際、そこんとこどうなん？　二人は選挙戦のパートナーなわけだし、なんか、そういう感じにはならんの？」

なんとも、返答に困る質問だった。

アリサからの好意は感じているが、政近にアリサとの関係を進展させようという意思はあまりない。そこには、選挙戦に色恋沙汰を持ち込むのはリスクが大きいという合理的判断もある。加えてそもそも、アリサ自身が自分の好意が恋愛的なものだと気付いていないようなのだ。総じて、距離は縮まっているが進展はしない、という感じだった。

「……ま、仲良くはなってるけど、それだけだな。別に付き合ったりはしてないよ」

「そっか……」

「なんだ？　先を越されそうで焦ったか？」

「なっ、違《ち》げーよ！　オレは、ただ――」

「あの～すみませ～ん」

　そこで横から声を掛けられ、毅は「ん？　オレ？」といった顔で振り向く。政近もそちらを見ると、そこには外部客らしい同い年くらいの少女がいた。ショートカットの髪を明るい色に染めた、なかなかに可愛らしい少女だ。その少女はちょっと上目遣いに毅の顔を窺《うかが》いながら、遠慮がちに尋ねてくる。

「わたし達、堂女《どうじょ》の生徒なんですけど、ちょっと案内してくれる人探してまして……よかったら、一緒に回りません？」

「え、お、オレら？」

「はい」

　ニコッと魅力的に笑う少女。告げられた学校名は、この辺りで結構有名な女子高の名前だ。見れば、少し離れたところに彼女の連れらしき、これまた可愛い女子が二人立っている。が……

（ああ、なるほどね）

　その片割れがチラッと光瑠の方に視線を向けたのを見て、政近は察した。恐らく、彼女らの本命は光瑠なのだろう。露骨に美男子に声を掛けたら他の男子《政近と毅》の反感を買うので、あえて本命が離れたタイミングで外堀を埋めに来た……といったところか。

「え、えぇ～マジで？　いやぁマジかぁ～」

　そんな彼女らの思惑に気付いた様子もなく、毅は思いっ切りニヤけながら頭を掻《か》く。分かりやすくデレデレしながら三人の少女に順番に目を向け、「いやぁ参ったなぁ」と言いたげに政近の方を見る。

そして、毅は少女に向き直ると、パンッと顔の前で両手を合わせた。

「ごめん！　お誘いはめっちゃ嬉《うれ》しいし光栄なんだけど、オレら彼女いるんだ！　嫉妬で殺されたくないから、一緒には回れないわ。ホントごめん！」

「え？　あ、そう……ま、そういうことなら……」

恐らく、完全に意表を衝かれたのだろう。少女は真顔でしきりに瞬《まばた》きをすると、少し首を傾げながら仲間の元へと戻って行った。三人が何かを話し合って去って行くのを見送り、政近は未《いま》だに手を合わせてる毅に声を掛ける。

「お前、いつから彼女持ちになったよ」

「仕方ないだろ～？　他にあの子達を傷付けずに断る方法思い付かなかったんだから」

「ま、そこはナイス判断だったと思うが……断ってよかったのか？」

政近の問い掛けに、毅はグリンと振り向くと思いっ切り歯を食いしばった。

「い、い、わ、け、ねぇだろぉ～？　あぁ～もったいない！　オレの最初で最後のモテ期だったかもしれんのに！」

「いや、それは……」

いろんな意味で、勘違いだ。とは言えず、口ごもる政近。その前で頭を抱えて体をぐねらせていた毅は、やがて「ハァ」と溜息《ためいき》を吐いて脱力する。

「でもま、光瑠は知らない女子と回るのとか絶対嫌がるだろうし……お前もあんま、乗り気じゃなかっただろ？」

「ああ、まあ……」

「だろ？　だからまあ、よかったんだよ。どうせ一緒に回ることになっても、オレじゃ上《う》手《ま》くやれなかったと思うし」

未練交じりにそう言う毅に、政近は心から「めっちゃいい奴だな……」と思った。

（ま、知ってたけどさ……報われて欲しいわぁ）

こんなに友達思いのいい奴なのに、なんで彼女が出来ないのか。世の不条理をしみじみと感じていると、光瑠がたこせんを手に戻って来る。

「お待たせ……って、毅はどうしたの？」

「……巡り合わせの不運を嘆いてる」

「？　なにそれ？」

光瑠が首を傾げたところで、近くでガタンという音が響き、それに続いて「あっ」と焦った声が聞こえてきた。

そちらに目を向ければ、プラスチックの籠を抱えた女生徒が、籠から零《こぼ》れ落ちたスーパーボールを慌てた顔で見ている。どうやら何かにぶつかった拍子に、運んでいたスーパーボールがいくつか落ちてしまったらしい。落ちたスーパーボールは地面や通行人の脚にぶつかり跳ね飛び、あらぬ方向に散っていく。

「あらら」

政近はその光景を見て、助けに行くべきか数瞬迷った。

（ちょっと遠いし今から助けに行っても……そもそも、数個落としたくらいならあの子も気にしないかもしれないし。余計なお世話になる可能性が高いし俺はボールは――）

その数瞬の間に、

「ちょっと持ってて」

「おっ」

光瑠は、動いていた。

政近にたこせんを押し付けると、迷わず女生徒の方に向かって行く。そして、目につく範囲のスーパーボールを素早く拾い上げると、近くの屋台の下に入ってしまった分も、躊躇《ためら》いなく地べたに伏せて回収する。その手や膝が、土埃《つちぼこり》で汚れることも厭《いと》わず。

そうして政近と毅が追い付いた時には、落ちたスーパーボールはほぼ回収し終わっていた。

「あ、ありがとうございます。本当に」

「ううん、気を付けてね」

恐縮した様子でぺこぺこと頭を下げる女生徒に、逆に困ったような顔で手を振り、見送る光瑠。その光景を見て、政近は訳知り顔で毅に告げる。

「分かるか毅、あれがモテる男だぞ」

「くっ、勝てねぇ……」

「いや、別にモテる気は……」

「分かってるよ。ああいう時に迷いなく動けるのは偉いって話だ」

また困ったような顔になる光瑠を、政近は手放しに褒めた。

光瑠はいつもそうだ。多くの人が「有難迷惑なんじゃ」「逆に恥を掻くかも」などと考えて一瞬躊躇するところ、光瑠は真っ先に手を差し伸べる。たとえそれが、苦手な女子や嫌いな相手であっても。相手に関係なく「困った時はお互い様」を地で行くお人好《ひとよ》しなのだ、光瑠は。

（まったく、本当にいい奴だよな……二人共）

自慢の友人で、最高の親友だ。心からそう言える。だからこそ……許せないことがある。絶対に、なかったことになんて出来ないことがある。

「……っと、それじゃあ俺はそろそろ」

「お、そうか。じゃあまたリハでな」

「実行委員の仕事、頑張ってね」

「おう」

三人で四十分ほど一緒に回った後、政近は二人と別れて部室棟へと向かった。ただし部室棟の中には入らず、裏手に回る。そこは展示も出店もないため、迷子になった人くらいしか入ってこない。その裏手にある、大きな木の下。ちょうど部室棟の窓からも死角になる場所に、待ち合わせの人物はいた。

キャップを目深にかぶり、俯《うつむ》きがちに立っている少女。政近はそちらへ近付くと、平坦《へいたん》な声で呼び掛ける。

「よう、白鳥《しらとり》」

素っ気ないあいさつ。「待たせたな」も「呼び出して悪いな」もない、およそ友好的とは言えないあいさつだった。それに対し、少女もまた友好さの欠片《かけら》もない視線で応える。

「……何の用？」

つっけんどんに尋ねる少女の名は、白鳥奈央《なお》。二学期の前に転校した元征嶺学園《せいれいがくえん》生で、ほんの一カ月ちょっと前までは、毅と光瑠が元々所属していたバンド〝ルミナズ〟のボーカルだった少女だ。そして、去り際にとんでもない修羅場を巻き起こし、バンドを崩壊させた張本人でもある。

「こんなもの使ってまで呼び出して……なんのつもり？」

非友好的な態度はそのままに、奈央はポケットから一通の封筒を取り出した。それは、政近が奈央の元担任に託したもの。

実は、バンド崩壊の件に関して疑問を抱いていた政近は、その真相を知るであろう奈央をずっと捜していたのだ。だが、奈央は転校に際してスマホを変え、ＳＮＳのアカウントも削除していて、一切連絡が取れない状態になっていた。政近の情報網をもってしても、完全に行方不明で音信不通。

そこで政近は一計を案じ、唯一奈央と連絡を取れる可能性がある、奈央の元担任と接触したのだ。そして、政近は「突然転校してしまった奈央にどうしても手紙を届けたい」と熱く語って先生を説得し、その心意気に動かされた先生は一通の封筒を奈央に届けてくれた。もっとも、その中に入っていたのはラブレターでも別れを惜しむ手紙でもなく……秋嶺祭の招待状と、たった一文だけのメッセージだったのだが。

「なんなのこれ。『来なければお前の真実をルミナズのメンバーに暴露する』って……」

そのメッセージを読み上げてじろりと睨んでくる奈央に、政近は冷めた表情で肩を竦《すく》める。

「なんなのも何も、その意味はお前が一番よく分かってるだろ？　だからこそ、誘いに乗ってここまで来たんだろうに」

「……」

政近の言葉に、奈央は無言。二人は互いに相手を探るように、しばし視線を絡める。

政近が毅から聞いたバンド崩壊のきっかけは、奈央が当時付き合っていたベース担当の槇野《まきの》隆一《りゅういち》に「なあなあで付き合ってただけだ」と言い放ち、「本当は光瑠が好きだった」と暴露したことにある。その結果隆一は激しく傷心し、キーボード担当であった水無瀬里《みなせり》歩《ほ》は、幼馴染《おさななじ》みだった奈央のその行動に大きなショックを受けて、二人はバンドを抜けた……という話だった。無論人伝《ひとづて》に聞いたことなので、細かなところはどのくらい正確なのか分からない。だがそれでも、ルミナズのメンバーを外から見ていた政近だからこそ……確実に分かる嘘がある。

「お前、光瑠に恋なんてしてないだろ」

「っ！」

政近の断言に、奈央は眉根を寄せ口元をゆがめることで応えた。その表情を見て、政近は確信を深める。

奈央が光瑠のことを好きだと暴露したのは、里歩に「奈央ちゃんはルミナズのメンバーで好きな人がいるって言ってた」と明かされた後だ。これはバンド崩壊の後に政近が直接里歩から聞き出したことだが、奈央がルミナズの五人目のメンバーとして最後にバンドに加わった時、その動機として里歩に語ったのがその言葉だったという。

里歩は気付いていないようだったが、政近はその話を聞いてすぐに気付いた。これは、里歩に対する牽制《けんせい》だと。別にただバンドに加わりたいだけなら、その動機は「里歩とバンドがしたいから」でいいはずだ。そうせずにわざわざ恋心を告白したのは、里歩と誰かがくっつくのを妨害するための一手としか思えない。そしてその後の経緯を見るに、その〝誰か〟とは隆一だったのだろう。

普通に考えれば、幼馴染みの少女二人が同じ男子を好きになってしまった。それだけで済む話だが……

（槙野の話を聞くに……逆、なんだろうな）

隆一によれば、奈央は交際を始めてからあまり隆一を好きな素振りを見せなかったという。ただの照れ隠し？　いや、里歩に牽制までしておいて、そこで消極的になるのは違和感がある。そうなると……奈央が取られたくなかったのは、隆一ではなく……

「お前が、好きだったのは──」

「やめて」

硬い声で、奈央が政近の言葉を遮る。だが、政近は止まらなかった。

「いいや、やめない」

奈央の明確な拒絶を、政近はにべもなくはねつける。そして奈央に一歩近づき、決定的な言葉を告げた。

「お前が好きだったのは……恋をしていたのは、光瑠でも槙野でもなく、水無瀬だ」

「──っ!!」

政近の断定に、奈央は眦《まなじり》を吊《つ》り上げて怒りを露《あら》わにした。それに臆することなく、政近は自らの推理を突き付ける。

「お前が槙野と付き合ったのは、水無瀬が槙野に好意を寄せていたからだ。水無瀬の恋心を知ったお前は、水無瀬を取られたくない一心でルミナズに入り、槙野と付き合った。そうだろ？」

政近の確信を持った問い掛けに、奈央は口を開き──言葉が見つからなかった様子で、数度口を開け閉めしてから俯いた。それからしばらく、何かを堪えるように肩を震わせていた奈央は、やがて軋《きし》むような声で答える。

「……そうよ」

　そしてそれをきっかけに、奈央は堰《せき》を切ったように本心をさらけ出した。

「ええ、そうよ！　あたしはずっと、里歩のことが好きだった！　小さい頃からずっと一緒にいて、ずっと守ってきたの！　あたしにとって里歩は一番で、里歩にとってもあたしが一番だった！　なのに、なのに、なのに――っ！」

　歯を噛《か》み締め、声を震わせながら、奈央は地面を激しく睨《にら》みつける。靴の爪先で地面を蹴りつけながら、奈央は胸をわななかせて叫んだ。

「なのに、里歩は隆一のことを好きになって！　男のこと、怖いって言ってたくせに！　あんな、あんな――」

「……だから、別に好きでもない槙野と付き合ったのか？」

「そうよ！　里歩を取られるくらいなら、里歩が男に穢《けが》されるくらいなら、そのくらいどうってことない！」

　それは、同性の幼馴染みに対する歪《ゆが》んだ……されど純粋な恋慕。猛《たけ》るようにそこまで吠《ほ》えてから、奈央は一転して表情をくしゃりと歪める。その顔に浮かぶのは、哀《かな》しみか後悔か。

「でもさぁ……付き合ってみたら、隆一はすごくいい奴でさ……あたしこんなんなのに、すごく優しくて、こんなあたしを、好きだって……里歩が好きになるのも、分かるなぁなんて思っちゃって……っ」

　告白する奈央の右目から、ポロリと一滴の涙がこぼれる。それを手で拭いながら、奈央は嗚咽《おえつ》交じりに続けた。

「里歩は里歩で、相変わらず優しくて……『二人のこと応援する』なんて、笑顔で言うじゃん。自分の方が先に好きだったのに……隆一も里歩も、すごく優しくて、でもあたしは嘘ばっかりで、あたしが二人を傷付けてて……っ！　全部、あたしが悪くてっ、でも、もうどうしていいか……っ」

両手で目元を覆いながら血を吐くように語る奈央に、政近は瞑目《めいもく》する。

優しい人達に囲まれて、自分一人が嘘を吐き続ける苦悩がいかほどのものか、政近には想像しか出来ない。最初はただ、想い人を取られたくない一心で吐いた嘘だった。だが、嘘を守るために嘘を吐く内に、気付けば優しい四人の仲間の中で自分一人が嘘に塗れていた。仲間に向ける笑顔の裏で、どれほど苦悩し後悔したことだろう。どれだけ自分に失望し、自分を嫌いになっただろう。

そして全てが明かされそうになった時、奈央は自分にとっての一番の秘密……里歩への恋心を隠すために、最後の嘘を吐いたのだ。光瑠のことが好きだったという、嘘を。

（そりゃまあ、責められんよなぁ……）

奈央にとって里歩への恋心は、他の何を措《お》いても守り抜きたい、隠し通したいものだったのだろう。それこそ、好きでもない男に自分を差し出してでも。で、あるならば……政近に、奈央を責める気は起きなかった。

追い詰められた時にこそその人の本性が出る、とはよく言われることだが、政近はそれは間違いだと思っている。人間が本当に追い詰められた時、真っ先に出るのは本性ではなく本能だ。我が身を守ろうとする、生物の根源的な防衛本能。それを理性でねじ伏せ、他人を優先できる人間などそうそういない。だからこそ、追い詰められた末にとっさに嘘を吐いた奈央を、政近の心は責めることが出来なかった。だが……

「残された四人はどうなる」

「っ」

それでも、そこからは目を逸《そ》らしてはいけないはずだ。

「逃げたお前はそれでいいかもしれない。でもな、あの四人は今でもあの時のことを引きずってるんだよ」

「……」

この情報は、奈央にとって一番聞きたくなかったものだろう。だがそれを分かった上で、政近は現実を突き付ける。

「槙野と水無瀬は軽音部に顔を出さなくなって、あの一件以来光瑠とは一切口を利いてない。光瑠の方も、二人のことはもう考えないようにしてる。正直見てらんないよ。あんなに仲良かった三人が、今では互いをいないもの扱いだ」

「え、そんな……」

「毅は今でも、ちょいちょい槙野と水無瀬に会いに行ってるみたいだけどな。それも結構避けられてるらしい。あいつだけは表向きは普段と変わらないように振る舞ってるけど、ずいぶん憔悴《しょうすい》してるよ。あいつは誰よりも友達思いだからな」

「……」

政近の言葉に、奈央は深く俯いた。そうしてしばし沈黙した後、ぽつりと尋ねる。

「里歩、は？」

その短い問いに、政近は「やっぱり水無瀬が最優先か」と思いながら率直に事実を告げた。

「お前も知っての通り、水無瀬は元々交友関係が狭かったからな。軽音部に参加しなくなった今は完全に孤立してるよ。毎日暗い顔で授業を受けて、誰とも話さずさっさと帰るらしい」

「っ」

顔を伏せたまま唇を嚙《か》み締める奈央に、政近は静かに問う。

「お前まさか、自分がいなくなれば水無瀬と槙野がくっつくとでも思ってたのか？」

「！」

「そんなわけないだろ？　槙野はそんなにホイホイ女を乗り換えるタイプじゃないし、水無瀬は──」

「ぁんたに言われなくても分かってるわよ！」

その瞬間、奈央がギッと顔を上げて政近を睨んだ。

「なんなのさっきから知った風な口利いて！　関係ないでしょ!?　何様のつもりよ!!」

その言葉に、政近は冷や水を浴びせられた気持ちになった。そうして改めて自分の言動を顧みて、ハッと我に返る。

（あれ、俺なんでこんな嫌みったらしい言い方してるんだ？）

頭ではたしかに責める気はなかったのに、気付けば奈央の神経を逆撫《な》でするような物言いをしていた。事実だけを伝えるつもりが、これでは半分詰《なじ》っているようなものだ。そのことに今更ながら気付いて、政近は愕然《がくぜん》とする。

（ダメだ、違う。こんなことを言いたかったんじゃなくて……）

視線を伏せ、政近は一度頭の中をリセットすると、本当に伝えるべき言葉を探った。

「……たしかに、俺はただの部外者だ。ルミナズとは何の関係もないし口出しする権利もない」

「……」

「でもな……五人が今のままでいいとは、絶対に思わない」

「！　くっ」

歯を食いしばりながらパッと顔を背ける奈央に、政近は慎重に語り掛ける。

「いいのか？　互いを誤解し合ったまま別れて」

「……」

「これは、俺が経験者だから言うんだけどな……最悪な形の別れってのは、その前の楽しかった思い出や幸せだった思い出も全部、見えなくしてしまうものなんだよ」

少し前までの政近が、まーちゃんとの思い出を嫌な記憶として心の奥底に封じ続けたように。誤解が解けた今となっては、そのことに関してはもう後悔しかなかった。

（まあ、これも……俺が言えた義理じゃない、か）

頭が冷えると同時に心も冷めてきて、政近はそこで踵《きびす》を返した。そうして、余計なお世話と知りつつ背中越しに最後の忠告をする。

「さっきも言ったが、俺はただの部外者だ。お前らの人となりも、関係も、詳しいことは何も知らない。だから、お前にどうしろなんて言うつもりはない……でも、今のままじゃルミナズは、五人の中で最悪な思い出で終わるぞ？　槙野にとっても、水無瀬にとってもな」

それだけ言うと、政近は振り返ることなくその場を後にした。そのまま部室棟に入り、人を避けるように上へ上へと向かう。そうして、階段前に張られたチェーンを乗り越えて屋上へと繋《つな》がる階段を上がり……その最上段の踊り場に、背中から倒れ込んだ。

「ハァ……」

冷め切った胸の奥から、深く重い溜息《ためいき》を吐く。

「……なんで俺、あんな非難がましいこと言っちゃったんだろ」

疑問形で独《ひと》り言《ご》つが、答えは自分の中で出ていた。それは、毅と光瑠を傷付けられたことに、政近がずっと怒りを覚えていたからだ。

ルミナズの五人が、あのまま離れ離れになってはいけないと思ったのは本心だ。そのためにも、奈央を説得してもう一度五人で話し合わせるべきだと思っていた。そこに悔いはない。

悔いが残るのは……必要以上に奈央を追い詰め、傷付けたこと。傷付けられた当事者《毅や光瑠》を差し置いて、部外者である政近が奈央に怒りをぶつけてしまったことだ。

「……冷静に、やってるつもりだったんだけどな」

けれど、実際には冷静ではなかったんだろう。二人の大切な親友を傷付けられた怒りがずっと政近の中に熾火《おきび》のようにあって、それが奈央への攻撃性となって言動に表れていた。

（あんな脅迫じみたメッセージを送りつけて、嫌がる本人の前で秘密を暴き立てて……本当にあれは、必要なことだったか？　毅と光瑠が受けた痛みを、少しでも味わわせてやりたいと思ったんじゃないのか？）

奈央から向けられた視線が、言葉が脳裏に蘇《よみがえ》り、政近はキリリと歯を噛み締める。強烈な後悔と、自己嫌悪。今の政近にあるのは、それだけだった。

「何様、か……その通りだよ、本当に。何の関係もない部外者の分際で、何を出過ぎたことやってるんだか」

誰かがやらなければならないことだった。だなんて、ヒロイックなことを言うつもりはない。政近が何もしなければ、あの一件はいずれ風化し、時の流れの中に埋もれたはずだった。それを掘り起こし、隠された中身まで暴き出したのは政近のエゴだ。政近がそうした方がいいと思い、誰に頼まれたわけでもないのにそうした。それだけのことだった。だが……今となっては、それもただの余計なお世話だったのではないかと思えてくる。

政近が何もしなくても、あの五人はいずれ何らかの形で和解していたのかもしれない。それこそ、政近とマリヤが運命のように再会し、過去の誤解を解消したように。あの五人にも確かな絆《きずな》があるのであれば、きっと――

（つーかそうだよ！　俺にとってはただの顔見知りでも、毅と光瑠にとっては白鳥も友達だっつの！）

そこで自分が〝友達の友達〟を傷付けたのだという事実に思い至り、政近はまた一段と落ち込んだ。

（あぁ……ダメだ。自己嫌悪で死にたくなってきた……後で白鳥に謝らないとなぁ）

完全に思考が負のスパイラルに落ち込んで、政近は頭を抱えるようにしてゴロンと横に転がる。そのまま、果てしなく気分が落ち込んでい――

「久世《くぜ》くん？」

……こうとしたところで聞こえるはずのない声が下から聞こえて、政近はパッと上体を起こした。そして、ひとつ下の踊り場からこちらを覗《のぞ》くマリヤと目が合って、心臓が跳ね上がる。

「な、んで？　どうしたんですか、マーシャさん」

「たまたま、なんだか怖い顔をした久世くんを見掛けて……気になって、後を追いかけてきたの」

心配そうな声でそう言うと、マリヤは階段を上がって政近の隣に腰を下ろした。そして、気遣わしげな目で政近を見つめる。

「どうしたの？　何か、あった？」

どこまでも純粋な気遣いだけが込められたその問い掛けに、政近は沈黙を返す。それでもマリヤは急《せ》かすことなく、政近の膝の上で握られた拳をそっと手で包んだ。

その温かく、優しい感触に少し心を動かされ、政近は険しい表情のままボソリと答える。

「人を、傷付けました」

「そう。どうして？」

「友達を、傷付けられて……いや」

そこで首を左右に振り、政近は言い直した。

「友達が傷付けられたことに怒って、当事者を差し置いてその怒りをぶつけました。そいつにも事情があったのに……その事情を理解した上で、怒りに任せて傷口をえぐったんです」

そこまで一息に言うと、政近は自嘲気味に笑う。

「そんでまあ、失敗したなぁと……今はちょっと反省中です。気が済んだらテキトーに復活すると思うんで、お気になさらず」

軽い口調でそう言う政近の表情を、マリヤは真剣な顔でじっと見つめる。そして……おもむろに膝立ちになると、横から政近の頭をぎゅっと抱き締めた。

「よしよし」

更に優しく頭を撫でられ、政近は混乱する。

「……なんで？　え、なんで俺抱き締められてるんです？」

「久世くんが、傷付いてるみたいだから。だから、慰めてるの」

「いや、話聞いてました？　今回のは完全に俺の自業自得っていうか、感情任せに人を傷付けたことを、反省してるだけで……」

「だから、慰められる権利はないって？」

「！」

優しい声で正鵠《せいこく》を射られ、政近は言葉に詰まる。その反応で図星だと悟ったのか、マリヤは小さく笑みを含んだ声で「そっかぁ」と続けた。

「久世くんは、そう思うのね～。でもね？　わたしにはそんな権利なんて関係ないのです！」

「……おぅ」

どうだ、と言わんばかりに我が道を行く宣言をするマリヤに、政近は気圧《けお》される。

「久世くんが、どう思ってるかなんて関係ないのです！　わたしは、わたしがやりたいから久世くんを甘やかしてるだけなので！」

「そ、ですか」

そこまではっきり言われてしまっては、もう何も言えなかった。

（マーシャさんがやりたいなら、もう仕方ないか～）

そんな投げやり気味な諦念が湧き上がってきて、政近は遠い目になる。その頭を優しく撫でながら、マリヤは政近に語り掛けた。

「久世くんは昔っから、絶対に他人に甘えないでしょう？　まるで、誰かに甘える権利なんてないと思ってるみたい」

「……」

マリヤの鋭い指摘に、政近は言葉を失う。それは、その通りだった。妹に苦労を強いて、怠惰で自堕落な生活を送っている自分が、誰かに甘えることなど許されない。ずっと、そう思っていた。

「そんな久世くんを見てるとね？　わたしは、胸がぎゅぅってなるの。胸が苦しくって切なくって、久世くんのことをい～っぱい甘やかしたくなっちゃうの」

「……はぁ、そう、ですか」

背中がむずがゆくなるような言葉に、政近は半笑いで素っ気ない返事をする。しかし、そんな政近の照れ隠しすら見抜いた様子で、マリヤは小さく笑った。

「あなたが自分を許せないなら、わたしがあなたを許してあげたい。あなたが自分で自分を傷付けるなら、わたしがその傷を庇ってあげたい」

その言葉を証明するように、ゆっくりと政近の頭を撫でながら、マリヤは優しく続ける。

「なんで、なんて言わないでね？　昔から……あの公園で出会った日から、わたしにとって久世くんは大切な人。だから……無理に強がらないで？　一人で耐えようとしないで？　わたしは、分かってるから」

その、最後の言葉が。政近の心に、ズシンと響いた。

（ああ、この人は……）

本当に、分かっているのかもしれない。政近の弱さも、過ちも、全部を分かった上で、優しく包み込もうとしているのかもしれない。

「……そっか」

「うん」

「そっかぁ……」

「……うん」

会話になっていない会話。けれど、きっとマリヤには伝わっているのだろう。訳もなくそう確信し、政近は目を閉じるとマリヤの腕に体を預けた。その政近の精一杯の甘えに、マリヤは微笑みを浮かべて応える。

そのまま、どれだけの時間が経《た》ったのか。少し気分が落ち着いてきた政近は、目を開くとぽつりと言った。

「なんか、昔からマーシャさんには甘えてばっかりですね」

「うん？　そお？」

「そうですよ……ずっと、マーシャさんの優しさに甘えていたと思います」

あの公園でマリヤと再会した日から、政近は折に触れてまーちゃんとの記憶を思い出すようになっていた。

記憶の中のまーちゃんはいつだって明るくて、優しくて、温かくて……さーくんは、そんなまーちゃんに救われていた。今は素直にそう思う。

「そっかぁ……でも、それはわたしもお互い様よ？　わたしも、さーくんにたっくさんの優しさをもらったから」

「ははっ、そうですか？」

「そうよぉ？　数え切れないくらいたくさん、ね」

マリヤはそう言うが、きっともらった優しさの半分も返せていないのだろう。

（あの約束も、結局果たせないままだったしな……）

一月ほど前に思い出した、かつてまーちゃんと交わした約束を思い返し、政近は少し切ない気持ちになる。

（今からでも遅くない……のかねぇ。いや、だいぶ遅いよな……もう、当時に比べればだいぶ腕も落ちてるだろうし）

また少し気分が落ち込み、それを察知したかのようにぎゅっと抱き締める力が増して……政近は、流石に気恥ずかしくなった。

「あの、それはそれとして、ですね。そろそろ……」

「ん～？　どうして～？　もっと甘えていいのよ？」

「いやぁこの体勢はちょっと……」

肩に乗っかる重量物が大変気になるというか、マリヤの鼓動を感じる右耳が幸せというか。

「あ……」

直接的な言及は出来ずに言葉を濁す政近に、マリヤは困り半分照れ半分の笑みを浮かべて体を離す。

「もう、久世くんったら……」

「すみません」

「ん〜ん、男の子だものね。仕方ないわよね〜」

そう言って頷《うなず》くと、マリヤは聖母のような慈愛に満ちた笑顔で両腕を広げた。

「いいよ、久世くんなら。おいで？」

「い、いや、それは──」

「あ、そっか。自分からは甘えられないのよね。じゃあこっちから行くね〜？」

「いやちょっ──！」

ぎょっとしてのけ反ったのも束《つか》の間《ま》、身を乗り出してきたマリヤの両腕にガッシリ頭を捕縛される。そして──政近は、母性の暴力というものを知った。

◇

「……なんか、すごかった」

マリヤの手によって強制的に母性に溺れさせられた政近は、なんだかちょっとふらふらとした足取りで音楽室へと向かっていた。これから、ライブ本番に向けたバンドの最終リハがある……のだが、ちょっと頭の中はそれどころじゃない。

なんかもう、後悔とか自己嫌悪とかまるっとすっ飛ぶくらいすっごかった。すご過ぎてぐったりだった。

(むしろ、なんでマーシャさんはあんなに生き生きしてたんだろう……)

政近が気力を消耗した一方で、階段前で別れたマリヤはなぜか気力が横溢《おういつ》していた。まさか、甘やかしたい欲が発散できて、ストレス解消になったのだろうか。

(マズい……まさか、マーシャさんの前で落ち込むとその度にこうなるのか？　だとしたら、マジでちょっと……いつか、本当にマズいことになる気がする)

謎の危機感に襲われ、政近はゾゾッと背筋を震わせる。すると、そのタイミングで廊下の向こうからやってきた有希《ゆき》と目が合った。

「有希……」

「政近君……？」

慌てて背筋を伸ばし、平静を装う政近。だが、有希はそんな政近に怪訝《けげん》そうに眉根を寄せ、スタスタと近付いてくると、アルカイックスマイルを浮かべて言う。

「政近君、こちらにいらっしゃったのですね」

「え？」

「備品の追加貸し出しの要望があったんです。手伝ってもらえますか？」

「あ、ああ」

その鉄壁の笑顔に圧され、政近は有希の後に付いて倉庫へと向かった。特に会話もないまま倉庫の前に着くと、有希は鍵を開けて中に入り、他に人がいないことを確認する。や否《いな》や、有希はダダッと政近に駆け寄ったかと思うと、正面からガッと政近の両腕を掴んだ。そして至近距離から兄の顔を見上げ、有希は無駄に危機感を覚えたような表情で問う。

「お兄ちゃん大丈夫⁉　元気が出るビーム《お兄たんちゅきちゅき》いる⁉」

「いらん」

「ちゅきちゅきビィィーム‼」

「いらんちゅうに‼」

そうして、優しいおねえさんに甘やかされ、優しい妹に甘えられ……二人の気遣いによって、政近は少し気分を回復させるのだった。

第6話 戦闘力は大事だよね

「っし、完璧じゃね？」

「うん、すごくよかったと思う」

ライブ前の最後のリハを終え、毅《たけし》と光瑠《ひかる》は満足感に満ちた声を上げた。今回ばかりは沙《さ》也加《やか》から指摘が飛ぶこともなく、アリサと……心なしか乃々亜《ののあ》も、満足そうな雰囲気を漂わせている。

それは政近《まさちか》も同様で、乃々亜プロデュースの本番用の衣装を身にまとい、気合も新たに挑んだ五人のリハは、素直に今までで一番よかったと思えた。

「すごくよかった……本当に」

感じ入ったようにそう言いながら拍手をする政近に、毅が照れくさそうに言う。

「おいおい、もう本番やり切ったみたいじゃねぇか。まだリハだぜ？」

「ハハ、それはそうなんだけどな……いやぁこのメンバーがよくここまでまとまったもんだと思ったら、つい」

「いや、集めたのはくぜっちじゃん」

「だね」

「……あ、そうだった」

「忘れてたのかよ！」

毅のツッコミに、アリサと沙也加も笑みを漏らす。ちなみに、乃々亜の政近に対する呼び方は数日で再び〝くぜっち〟に戻っていた。本人曰《いわ》く、しっくりこなかったらしい。

「よぉっし！　じゃあマネージャーのお墨付きももらったところで、ちょっと早いけどステージ裏に移動するか！」

「ちょっと待て毅。まだ大事な用事が残ってるだろ」

「え？」

「いや、『え？』って……リーダーをまだ決めてないだろ？」

素できょとんとする毅に、政近はちょっとこけそうになりながら言う。その言葉に、視界の端でアリサが表情を硬くしたのが見えた。が、毅の反応は鈍い。

「あ、あぁ～あ～……あったなそれ」

「いや大事なことだろ、忘れんなよ」

「いやぁ、忘れてたっていうか……」

少しばかり困ったように頭を掻《か》いてから、毅はアリサの方を見た。

「オレ、もうとっくにアーリャさんがリーダーって気になってたから……」

「え……？」

毅の言葉に、アリサが目を見開く。だが、続いて光瑠までもが、毅に賛同するように頷いた。

「そうだね。僕も、リーダーになるとしたらアーリャさんだと思う」

「え、光瑠君……？」

驚き振り向くアリサに、光瑠は優しく笑って告げる。

「さっき、政近が『よくこのメンバーがまとまった』って言ったけど……実際この五人がまとまったのは、アーリャさんのおかげが大きいと思う。メンバー全員に、真っ先に自分から歩み寄ってくれて、嬉《うれ》しかった。それに……バンド名を決める時も」

そこで、光瑠は少し恥ずかしそうに頰《ほお》を搔いた。

「みんな結構自分の好みを優先した名前を出す中、アーリャさんだけは僕らにメッセージを込めた名前を提案したでしょ？　実際、あれでバンドの方向性が決まった部分はあると思うんだ。だから……あの時から、僕の中でリーダーはアーリャさんしかいないなって」

光瑠の言葉に、アリサは何かを堪えるようにキュッと唇を引き結び、瞼《まぶた》を震わせた。と、

「おい光瑠！　お前いいこと言い過ぎだろ！　オレがなんかバカみたいじゃねーか！」

「空気読めバカ」

「そういうとこだよバカ」

「ヒドイ！」

毅が慌て気味に声を上げ、政近と光瑠が即座にカウンターを入れる。なんだかいい感じ

の空気だったのに、台無しだった。アリサも、気が抜けてしまった様子で苦笑していた。

「さて……アーリャに二票入ったわけだが、沙也加と乃々亜はどうだ？」

気を取り直して政近が問い掛けると、沙也加は表情を変えず肩を竦《すく》める。

「この流れで反対するほど、わたしは無粋ではありませんよ」

「さやっち素直じゃな〜い」

「何か言いましたか？　乃々亜」

「さやっち素直じゃな〜い」

「繰り返さないでいいんです！」

二人のこれまた気が抜けるやりとりに、政近たちは笑ってしまう。

「それで、乃々亜は？」

「いんじゃない？　よろしくリーダー」

あっさりとそう言うと、乃々亜はアリサにひらりと手を振った。五人の注目がアリサに集まり、アリサは瞳を揺らす。しかし、一瞬目を閉じて表情を改めると、力強く笑いながら拳を握った。

「それじゃあ改めて……〝Ｆｏｒｔｉｔｕｄｅ〟初ライブ、頑張りましょう！　えいえい、お〜！」

アリサの掛け声に、政近たちも──

「お〜！」

「お、お〜！」

「お〜？」

「お……ぉ」

「おー」

「いや、合わせろよ。まとまってねーじゃん」

政近がツッコミを入れた直後、アリサがゆるゆると拳を下ろしながら肩を縮める。

「〜〜っ」

「ほらぁ！ アーリャが恥じらっちゃったじゃないか！ よしよし頑張ったんだよな？ やったことないのにリーダーっぽく音頭を取ろうとしたんだよな？ お前ら！ リーダーをいじめるなよ！」

「政近君」

「ん？」

「お願いだから黙って」

「ハイ」

◇

「おぉ〜う、結構人集まってんな……やっばい、緊張してきた」

「ハハハ、そうだね……でも、ここからもっと人増えると思うよ？　自分で言うのもなんだけど、僕らってかなり注目されてるみたいだし」

「だな……昨日も、なんかあちこちで話し掛けられたもんな」

出番の二十分前、楽器を持ってステージ裏に移動した後。舞台袖からステージの方を覗《のぞ》いた毅は少し武者震いをしてから、ふと政近の方を見た。

「そう言えばさ。オレら、昨日桐生院《きりゅういん》とも会ったんだけど……政近ってあいつとなんかあんの？」

「桐生院って、男の方のだよな？　何かって？　抽象的過ぎて分からん」

「そうそう、そっち。いや、それが……お前がステージに出るのかどうかって、結構しつこく訊いてきてさ……」

「？　なんだそれ。その〝お前〟って、俺のことだよな？」

「うん」

毅から伝えられた情報に、政近は首を傾げる。言われてみれば、なんだか前にも似たようなことを、雄翔《ゆうしょう》から直接訊かれたような気もするが……全く意図が分からない。

「お前はマネージャーだし、ステージには出ないって言ったら、な～んか微妙な顔で行っちゃったんだけど……なんか心当たりある？」

「……いや、ないかな」

「うっわ」

その瞬間、不意に上がった棒読み気味の声に、政近と毅はそちらを見る。すると、話を聞いていたらしい乃々亜が、半眼のまま引いたように口を開けていた。

「？　どうした？」

「いやぁ……じゅんゆーしょーちゃんかわいそ～」

どこか独り言のように漏らされた言葉に、政近は眉根を寄せる。

（じゅんゆーしょー……準優勝ちゃん？　あれ？　なんか聞き覚えがあるような……）

チリチリと脳の片隅を刺激される感覚に、政近は目を伏せて記憶を探った。が、そこで毅が声を上げ、思考は中断される。

「っと……じゃあオレ、叶《かなう》を迎えに行ってくるわ」

「あ、うん。行ってら～」

「時間までに戻って来てよ～」

「おう、チャッと行ってくるわ」

そう言って離れていく毅を見て、続いて乃々亜が声を上げる。

「あ～じゃあ、アタシも烈音《れお》と玲亜《れあ》を呼んでこよっかな～」

「？　誰？」

「アタシの弟と妹～じゃ、ちょっと行ってくんね～」

「あ、ごめん。僕もちょっとお手洗いに……」

「おいおい……」

次々とその場を離れていくメンバーに少し眉をひそめてから、政近は肩を竦める。

「……まあ、ずっとステージ裏で待ってても変に緊張が高まるだけか」

そう言って何気なく振り向くと、なんとなく沙也加と目が合った。沙也加は、政近と目を合わせた後アリサに視線を移し、斜め上辺りを見てから不意に踵《きびす》を返す。

「わたしも烈音と玲亜に会いたいので、乃々亜の後を追いますね」

「おいなんで急に気を遣った？」

「何の話ですか？　十分前には戻りますので」

「おぉ～い」

そして、あれよあれよという間にその場には政近とアリサだけが残された。つい昨日、この場でプロポーズと勘違いされるようなこっぱずかしいことをやらかした身としては、この二人っきりの状況は微妙に気まずい。

「いやぁなんつーか……まとまりがあるようで、思ったよりないな？　そこんとこどうっすかリーダー」

冗談めかしてそう問い掛けるも、アリサの返答はなく。少し怪訝《けげん》に思った政近はアリサの顔を見て、その表情に目を見張った。

「ア、アーリャ？」

アリサは、眉をハの字にして目元に力を入れた、今にも泣きそうな顔をしていたのだ。

政近が戸惑いながら声を掛けると、アリサはパッと顔を伏せて表情を隠してしまう。その肩が小さく震えるのを見て、政近の当惑はピークに達した。

(え、な、泣いてる？　ど、どうすればいいんだ？　優しく抱き締める？　いやいやそれが許されるのはただしイケメンに限るだしそもそもなんで泣いてるのか分かんないけど顔を隠してあげた方がいい気も――)

一秒間の間に猛烈な葛藤を経て、政近は妥協案として肩を貸すことにした。抱き寄せるまではいかず、自分からアリサに近付いて、ぎこちなくその頭を肩に埋めさせる。そして、マリヤが自分にそうしてくれたように、なるべく優しく頭を撫《な》でた。

「どうした？　リーダーに選ばれたのが、そんなに嬉しかったのか？」

考えた末に導き出した推論を口にすると、肩口でアリサが小さく頷《うなず》くのが分かる。そして、震え声の小さな疑問が耳に届いた。

「私、あなたの期待に応えられた……？」

その言葉に、政近は衝撃を受ける。そして直後、政近は自分の浅はかさを激しく後悔した。

アリサに、『沙也加を超えてバンドリーダーになる』という課題を与えたのは他ならぬ政近自身だ。その期待に応えるべく、アリサは全力を尽くした。なのに……政近はそんなアリサに身勝手なやきもちを焼いて、アリサのメンタルを気遣うことをしなかった。

(この、馬鹿野郎が……！　どんなに上手《うま》くやってるように見えても、内心は不安でいっぱいだったに決まってるだろうが！　今まで生徒会でもあまり自己主張してなかったアーリャが、突然そんなに親しくもない四人を相手に必死にコミュニケーションを取ってたんだぞ？　なんでもっとケアしてやれなかったんだ！）

　今まで自分から友達を作ったことすらない人間が、四人と同時に仲良くしろと言われる心理的負荷はどれほどのものか。政近は、そこの想像が全く足りていなかった。挙句、「いつも通りサポートする」とかほざいておきながら、サポートなしでも上手くいってると思い込んで勝手に嫉妬して……

「お前は、俺の期待以上の素晴らしいパートナーだよ……本当に尊敬する。ごめんな、もっと気遣ってやれなくて。本当にごめん……」

　悔恨のにじむ声で謝罪をする政近に、アリサは無言でかぶりを振る。それにまた少し罪悪感を刺激されながらも、政近は優しく続けた。

「本当に偉いよ……グループ活動、それもその中でリーダーシップを発揮するなんて、不慣れだったろうに……よく頑張ったな」

　軽く背中を叩きながらそう言うと、やがてアリサはぽつぽつと語り始める。

「私、ずっと自分が一番努力していて、一番偉いと勘違いしてたの」

　突然告げられた告白に、しかし政近は何も言わずに耳を傾けた。

「でも、そんなの幻想だったのよね。一学期終業式のあいさつで、ようやくそのことに気付いたわ」

　その自嘲気味な独白を聞いて、政近の脳裏に、自分の未熟を真っ直ぐに認めたアリサの演説が思い浮かぶ。

「私が努力している間に、他の人は他のところで努力していて……全てにおいて私の方が優れている相手なんて、この世に存在しないのよね。現に、私は歌は得意だけれど、楽器はからっきしだもの。それに……」

少し落ち着いた声音で、アリサは静かに言った。

「私は、沙也加さんのように全体を見て的確に指示を出せないし、乃々亜さんのように柔軟に周りに合わせることも出来ないし、毅君のように明るく場を和ませることも出来ないし、光瑠君のように上手く気遣いも出来ない。当然よね。私はこと対人関係に関しては、とことん努力を怠っていたんだもの」

他者との軋轢《あつれき》を避けるため、一人で努力し続けていた自分を、人間関係において怠慢であったと断じる。その愚直なまでの自身への厳しさに、政近は感動と憧憬《しょうけい》を覚える。

「そんな私があの四人にリーダーだと認められようと思ったら……それはもう、正面から歩み寄るしかないと思ったの。下手な駆け引きなんて捨てて……でも、その中で誰よりも努力をして、みんなを引っ張れたらって」

「うん……そっか。頑張ったんだな、本当に」

再びぎこちなくアリサの頭を撫でながら、政近は内心後悔しきりだった。もっと早くに、こうしてやるべきだったのだ。ちゃんと話を聞いて、その心に寄り添ってやるべきだった。

（な〜にが『これ、俺いるかな？』だ。お前はバンドのマネージャーである以前にアーリャのパートナーだろうが。バンドに問題がなさそうなら、アーリャのことを一番に考えてやらないといけなかったのに……）

後悔と反省をしながら、政近はアリサに優しく言う。

「よかったな。報われたな」

「……うん」

小さく頷くと、アリサは政近の肩に顔を埋めて呟《つぶや》く。

【認められて、よかった……っ】

その言葉の真意を、政近は完全には理解できなかった。リーダーと認められたことに安心しているようでいて、それだけではないような……しかしその疑問を解消する前に、ステージ裏に一人の闖入者《ちんにゅうしゃ》が。

「っ、えっ⁉」

驚きの声を上げて立ち止まるのは、奇《く》しくも昨日二人でいるところを見られた同級生の男子。その視線の先には、涙をこらえるように政近の肩に顔を埋めるアリサと、その頭を優しく撫でる政近の姿。

なんだか誤解を招きそうな光景に、男子生徒は半笑いで尋ねる。

「えっ、と……婚約指輪、渡したんすか？」

「……もうそれでいいから、そっとしといてもらえるか？」

「あ、は〜い。ごゆっくり……」

スーッと舞台袖に戻って行く男子生徒を見送ると、アリサがどこかバツの悪そうな表情で政近から離れた。

「……落ち着いたか？」

「ええ、もう大丈夫……」

そう言ってから、アリサは目元に手を当てる。

「少し、目が赤くなっちゃったかしら」

「……少しな。でも、大丈夫だ。観客にはきっと分からないし、あいつらは何も言わないさ」

「そうね」

アリサが小さく笑みを浮かべて頷くと、政近も気を取り直して明るい声を上げる。

「よし、なんかやり切っちゃった感が出ちゃったけど、それじゃあ改めて本番──」

その瞬間、ステージの方で炸裂音《さくれつおん》が響いた。

◇

時は少し遡り、政近たちが最後のリハをしていた頃。実行委員としての仕事を他の委員に任せた統也《とうや》と茅咲《ちさき》は、秋嶺祭の最大のＶＩＰである、来光会の面々にあいさつをしていた。

「ようこそお越しくださいました。現生徒会長を務めさせていただいております、剣崎《けんざき》統也です」

「同じく副会長の、更科《さらしな》茅咲です」

来客用に整えられた生徒会室に集まったのは、歴代の生徒会長と副会長。その中でも特に大物とされる重鎮達だった。その中には谷山《たにやま》重工の社長である、沙也加の父親もいる。

そして……

「周防巌清《すおうげんせい》様ですね。有希《ゆき》さんとは普段生徒会で親しくさせていただいております」

「そうか」

そこには政近と有希の祖父である、巌清の姿もあった。

「それでは早速ですが、校内を案内させていただきます。どうぞこちらへ」

超大物OBOGへの胃と心臓に悪い自己紹介を終え、統也は学園祭を案内し始めた。廊下に出ると、来光会の面々に気付いた生徒達が、驚いた顔をした後にパッと道を空ける。

彼らとて、普段テレビや雑誌でしか目にしたことがないような政財界の大物に、あいさつくらいしたい気持ちはあるだろう。だが、それは許されていない。

なぜなら、学園祭の最中、訪れた来光会の面々には生徒の側から話し掛けてはいけないという不文律があるからだ。彼らの相手をするのは生徒会長と副会長だけで、その他の生徒は話し掛けられた時に返事する場合を除いて、彼らと話をしてはならない。当然、囲みを作ったり写真を撮ったりするのはもってのほかだ。招待客としてやって来ている外部の客も、この学園のOBOGであったり招待者からきつく言い含められていたりで、その決まりを守っている。

　そんなわけで、特に人員整理役やボディーガードなどはいないにも拘《かか》わらず、案内は実にスムーズに進んだ。

「あら……わたくしが在校していた頃には、あのような温室はありませんでしたね」

「はい。あちらは八年前に、園芸部と華道部にOBより寄贈されたものです」

「なるほど、華道に使う花材をあそこで育てているのですか」

「その通りです」

「ほう、温室の寄贈か……そう言えば誰だったか、ボクシング部のためにリングを寄贈した者がいなかったかね？」

「フォレスティンの田村《たむら》社長ですね。ご本人が大のボクシングファンだと伺っております」

「ああ、フォレスティンの……そうだったか」

　窓から温室の方を眺めながら、OBOGの質問によどみなく答える統也。無論、堂々としているのは外面だけで、内心はもう次にどんな質問が来るのかバックバクだ。はっきり言って、緊張のあまり今にも吐きそうだった。

　元より統也は、そこまで神経が太いわけではない。それどころか、つい一年半前までは、気弱といっても差し支えないほどにはメンタルが弱かった。

　自分に自信がなくて、常に周囲の人間に見下され、嘲笑《あざわら》われていると思っていた。自分の中で勝手に周囲への恐怖を膨らませ、自分の殻に閉じこもっていた。そんな統也の殻を、その豪胆な生き様で派手にぶち壊したのは他でもない茅咲だ。彼女の誰にも媚《こ》びず己を貫く姿に憧れ、自分を変えた。そうして今は……その彼女が、隣で自分を支えてくれている。

「……？」

統也の視線に、茅咲が怪訝そうに目を瞬かせる。

その、緊張とは無縁そうな姿に勇気をもらい、統也は背筋を伸ばした。

「せっかくですし、近くでご覧になりますか？」

「そうですね。時間があるのであれば」

「分かりました。皆様も、よろしいですか？」

他の面々の同意も得て、統也はお腹《なか》と脚に力を入れ、堂々と歩く。この学園の生徒代表として相応《ふさわ》しいように。そして、更科茅咲の恋人として恥じないように。

そうして少し心に余裕が出来ると、自然と視野が広くなり、こちらを見る生徒達の顔がはっきりと見えるようになった。こちらに向けられる畏敬の念が込もった視線に、統也は少し感慨深いものを感じる。

一体、誰が想像しただろう。ずっと侮蔑や嘲弄の視線を受けていた自分が、今では全方位から尊敬の視線を浴びている。かつては男子に恐れられていた茅咲も、今では信頼感に満ちた視線を向けられている。これらが自分の努力で得た結果なのだと思うと、統也の胸には熱く込み上げてくるものがあった。

「統也？　どうしたの？」

「いや……」

統也の表情から何かを察したのか、茅咲が小声で話し掛けてくる。それに、安心させるよう笑顔で答えてから、統也は周囲に目を向けて言った。

「分かるか？　この視線が」

去年とは比べるべくもない、自分達に向けられる視線の変わりようが。

言葉足らずな統也の問い掛け。しかし、そこは流石恋人同士と言うべきか。茅咲はチラリと周囲に目を向けてから、統也の言葉に静かに頷いた。そして、愛《いと》おしげに表情を緩める統也に、前を向いたまま淡々と告げる。

「殺気が二つ」

「うん、ごめんそれは分からない」

「二十メートル先の階段前、青いシャツの男と黒い帽子の男」

「待って待って、え？」

思考が全く追い付かないながらも、統也は茅咲が言った方向に目を向ける。すると、そこにはたしかに茅咲が言った通りの二人組がいた。こうしている間にも、彼我の距離はどんどん縮んでくる。

「ど、うしたらいいと思う？」

こういった事態に関しては、自分よりも茅咲の判断の方が信用できる。それを分かっているからこそ、統也は即座に茅咲の判断を仰いだ。

「統也はここで待ってて。あたしが一旦——」

茅咲が言いながら、話す間も惜しいと動き出そうとする。だがそれよりも早く、二人組が先に動いた。

「！」

今まさに警戒していた相手が真っ直ぐにこちらに駆けて来て、統也はとっさに身構える。

そして、二人組に警告を飛ばした瞬間。先を走る青シャツの男が、持っていたハンドバッグに手を突っ込んだ。その中から取り出された黒光りする物体に、統也はぎょっとする。

「そこの二人！　止ま——」

（は……？　拳、銃？　ウソだろ⁉）

あまりにも予想の範疇《はんちゅう》を超えた事態に、統也は完全にフリーズする。目の前の現実を理解することを脳が拒み、体に一切の指令を出せなくなる。しかし、統也が固まっている間にも、男は手に持った拳銃を構え、その照準を統也の背後に向け——るよりも、茅咲が拳銃を蹴り上げる方が早かった。

疾風《はやて》のように空を駆けた左足が正確に銃身を捉え、男の手から弾《はじ》き飛ばす。そして、続いて奔《はし》った右足が——男の股間を容赦なく蹴り上げた。

「はォッ⁉」

一体、どれほどの威力で蹴り上げたのか。男は体をくの字に折り曲げながら、地面から跳び上がる。そして次の瞬間。統也は、生まれて初めて空中コンボというものを生で見た。

前屈《まえかが》みになり、無防備に突き出された男の顎に、凄《すさ》まじいアッパーカットが突き刺さる。その衝撃で男の体は更に宙に浮き、くの字に曲がった体は真っ直ぐに伸ばされ、理想的なサンドバッグ状態に。その、重力に見放された無防備極まる胴体に、茅咲の五連撃が叩《たた》き込まれた。いや、実際に五連撃だったかどうかは分からない。少なくとも統也の目にはそう見えた。そこまでしか見えなかったとも言う。

「げ、ゴぉ」

潰れたカエルのような声を上げながら、男がべしゃりと廊下に沈む。

その光景を唖然《あぜん》とした表情で眺めていたもう一人の男が、茅咲の視線が自分に向くのを見て慌てて手に持っていたスマホを掲げた。

「い、いや違っ――これドッキリ！　ドッキリだから！」

「あ、そう。じゃあこれは逆ドッキリだから」

無情にそう告げ、茅咲は同じ流れで空中コンボを叩き込む。棒読み気味に「テッテレ〜♪」と言いながら。

わずか二秒で二人目の男も廊下に沈み、あまりの急展開に、周囲の生徒達も理解が追い付いていない様子で固まる。が、不意に一人の男子生徒が、拳銃を構えていた男を見て声を上げた。

「あれ？　こいつ、グイリッシュじゃね？」

「え？　あの有名な迷惑系動画配信者の？」

「マジ？　たしか前に街中で通行人相手にドッキリ仕掛けて、相手に怪我《けが》させて逮捕されたんじゃなかったっけ？」

「あ、このピストルおもちゃだ」

「まさか、偉い人暗殺ドッキリってこと？　バッカじゃないの」

その声を皮切りに他の生徒も続々と動き始め、統也も精神を立て直す。まず真っ先に背後を振り返ると、来光会の面々に頭を下げた。

「申し訳ございません。少々、この学園にそぐわない人間が紛れ込んだようです。お叱りは甘んじて受けますが、まず副会長にこの場を離れる許可を頂けないでしょうか？」

統也の謝罪を受け、代表して一番の年長者であるご老体が声を上げる。

「ふむ、入場管理に不手際があったようだね。だがまあ、今は事態の収拾に努めたまえ」

「ありがとうございます！」

大声で礼を言って頭を上げると、統也は茅咲に近付いて早口で言った。

「すまない茅咲。こいつらのこと任せていいか？　誰の招待で来たのか聞き出さないと……しばらくの間、来光会の相手は俺がするから」

「了解。こいつらのことは任せて。風紀委員会室できっちり尋問するから」

「……ほどほどにな？」

既にかなりの過剰防衛をやらかしている茅咲に、統也は念のため忠告する。すると、茅咲は聞き分けよく頷いた。

「大丈夫。ゴミはゴミらしく、燃えるものと燃えないものに分けるだけだから」

「それは大丈夫なのか？　というか、燃えるものと燃えないものに分ける、とは」

「え？　それはもちろん骨から筋肉を引き剝が――」

「痛い痛い！　よく分かんないけどそれ絶対痛い！」

思わずぞわっとしながらも、統也はその場を茅咲に任せようとして――

『――っ！　――！』

どこからか聞こえた荒っぽい怒鳴り声に、バッと顔を上げた。

◇

一方その頃、政近たちと別れた毅は、スマホ片手に弟を探して校庭を彷徨っていた。

「あっれ～？　この辺りだよな……人が多過ぎて分からん」

まだ九歳である弟は、体が小さい。一方ここにいるのは高校生以上の人間がほとんどなせいで、人混みの中ではなかなかその姿を発見できなかった。それでもなんとか探し出そうと周囲を見回す毅の視界に、ふとひとつの人影が入り込む。キャップを目深にかぶった、見覚えのある後ろ姿。その背中に、我知らず視線が吸い寄せられ……ふとその人物が横を向いた瞬間に、思わず声が漏れた。

「え……奈央？」

それは、一カ月前に突然姿を消したはずの友人。その声に反射的に振り向いた彼女と、目が合った。

「毅……」

「な、なんで……？」

人混みの中、片や呆然《ぼうぜん》と、片や気まずそうに視線を交わす二人。そして、奈央が何かを言い掛けた瞬間……どこからか、炸裂音《さくれつおん》が響いた。

◇

（まさか、本当にこんなことが……っ！）

その炸裂音の元凶を前に、沙也加は歯噛《はが》みをしながら、先週の出来事を回想していた。

「沙也加さん、風紀委員にとって、一番大事なものはなんだと思います？」

学園祭前の風紀委員会で、沙也加は菫に問い掛けられた。それに対し、沙也加はとっさに高速で頭を回転させた。相手が求める答えを、瞬時に導き出すために。

元より、沙也加が風紀委員をやっている理由は至極利己的なものだ。ひとつは単純に内申に有利なため。そしてもうひとつは、ぶっちゃけ生徒の弱みを握るのに役立つためだ。

そのどちらも、自身の学内での地位を高めるため。ひいては将来的に役立つ人脈を増やすためという目的に繋《つな》がる。

沙也加は真面目で模範的な生徒として知られているが、それはそのように振る舞うことが苦にならず、上に立つにはそうした方がいいと判断したからそうしているだけ。別段規律を愛し、それを乱す行為を憎んでいるわけでもないため、他人に同じ振る舞いを強要するつもりはない。というか、他人の振る舞いにわざわざ干渉するほど、他人に興味がない。が、この場でそんなことを正直に口にするほど、沙也加は愚かではなかった。

「そうですね……」

前置きという名の時間稼ぎをしながら、沙也加は自分の中で最適解を導き出す。

「校則と生徒の意思、どちらにも偏り過ぎないよう間に立つ意識、でしょうか」

決まった。と、思った。

我ながら会心の答えに、沙也加は内心ガッツポーズを取る。が、

「違いますわ、沙也加さん」

返って来たのは、まさかの真っ向からの否定。ピクリと眉を動かす沙也加に、菫は自らも未だ辿《たど》り着けていない境地を眺めるように、ふっと遠い目をした。

「風紀委員にとって、一番大事なもの。それは……」

そして、羨望と確信を宿した声で告げる。

「戦闘力、ですわ」

こいつ何言ってんだ？　と、沙也加は心から思った。が、この場でそんなことを正直に口にするほど、沙也加は愚かでは以下略。

「そう、ですか……そうなりますと、わたしは要件を満たしていないことになりますが……」

それでも若干皮肉っぽく答えてしまう沙也加に、菫は優雅に笑う。

「なにも、自分の力で全てを解決する必要はありませんわ。戦闘力が必要とされる非常事態において、自分に力がないのなら、力を持った人間を呼ぶこともまた正。その上で手の届く範囲の弱き者を護《まも》ることも出来れば、それは大正解ですわ」

頬《ほお》に手の甲を当てて笑う菫に、その時の沙也加は「アニメの観過ぎでは？」と内心呆れるやら親近感を覚えるやらだったのだが……まさか、そんな非常事態が目の前で起こるとは思わなかった。

沙也加はステージ裏を離れた後、乃々亜を捜すという口実の下で、適当に校庭をぶらついていた。その沙也加の目の前で、突然一人の男が爆竹を炸裂させたのだ。

「きゃあっ！」

「うおっ⁉　なんだぁ⁉」

周囲で驚きの声が上がる中、男はなんと、地面で煙を上げる爆竹を人混みに向かって蹴り飛ばした。当然、その先にいる人々は悲鳴を上げて逃げ惑う。

（な、なんなのあの男！　不審者⁉）

周囲に混乱を撒《ま》き散《ち》らしている男だが、当の本人は妙に無表情で、袖口のよれた服とぼさぼさの口髭《くちひげ》も相まって全身から異様な雰囲気を発していた。

『自分に力がないのなら、力を持った人間を呼ぶこともまた正。その上で手の届く範囲の弱き者を護ることも出来れば、それは大正解ですわ』

非常事態に直面し、菫の言葉が脳裏に蘇《よみがえ》る。その沙也加のすぐそばで、一人の小学生くらいの少年が、逃げる生徒に押されて倒れた。

「あっ！」

小さく悲鳴を上げて膝を押さえる少年を、沙也加はとっさの判断で抱き起こすと、素早くスマホを取り出す。

「大丈夫ですか？」

「あ、う、うん。ありがとう、お姉さん」

少年の安否を気遣いつつ、沙也加は菫の番号を呼び出すと、最速で電話を掛けた。

「桐生院先輩！　谷山です！　今、校庭のB区画で──」

救援要請をする沙也加の視線の先で、男はゆっくりと屋外ステージの方を向く。そして、相変わらず異様な無表情のまま、そちらへと歩みを進めた。

◇

「な、なんだ……!?」

突如響いた炸裂音は一度で終わらず、立て続けに派手な音を鳴らしている。そしてその合間に聞こえる、生徒達の悲鳴。

「っ！」

ただならぬ音に、政近は舞台袖に駆け込んだ。一拍遅れてアリサが追って来てるのを視界の端で確認しながら、ステージの方を見る。すると、そこには激しい音と煙を撒き散らす物体と、その周りで右往左往するダンス部の生徒達の姿があった。

「爆竹……⁉」

騒音の正体を見抜き、「なんでそんなものが⁉」と政近が混乱している間に、更に新たな爆竹がステージ上に投げ込まれる。しかも、観客席の方でも同様の炸裂音が発生していた。

「おい！　早くステージから下りろ！」

ステージ上のダンス部にそう呼び掛けるが、どうやらダンス中に爆竹を投げ込まれたせいで転倒し、立ち上がれなくなっている生徒が二、三人いるようだ。

（チッ、何か爆竹を防げるもの……）

倒れた生徒を安全に救助すべく、何か盾のようなものはないかと周囲を見回す政近。その横を、マイクを持ったアリサが駆け抜けて行った。

「ちょっ──」

政近が驚きの声を上げるのを背後に、アリサはステージ上に駆け上がる。そして観客席を見渡し、この騒動の犯人を視認した。

パニックになりかけている観客席の後ろ、くたびれた格好をした中年の男が、ショルダーバッグから爆竹を取り出している。そして、男が取り出した爆竹に火を点《つ》け、観客席に向かって投げようとしているのを見て、アリサはとっさに叫んだ。

「やめなさい!!」

マイクで拡大された力強い声が響き渡り、爆竹を持った男と、パニック寸前だった観客がビクッと動きを止める。彼らが反射的にステージ上に目を向ければ、そこには銀の髪をなびかせ、堂々たる態度で立つ凄絶なまでに美しい少女が。

「ふわぁ……」

「アーリャ姫……」

彼女を知る者も、知らない者も、皆一様に意識を奪われる。そんな数秒の忘我と静寂を、新たな炸裂音が打ち破った。

思わず動きを止めた男の手で、火の点いた爆竹が爆発したのだ。男はそれを慌てて地面に放ると、ステージ上のアリサにギョロンと抑制を欠いた視線を向ける。

「皆さん！　落ち着いてあちら側に避難を――」

そちらを一旦無視して、続けて観客に呼び掛けるアリサ。そのアリサを狙って、新たな爆竹が投げつけられた。

「あっ――！」

誰かが焦りに満ちた声を上げ、観客が危機感と共に見つめる先で、アリサに爆竹が迫り

——舞台袖から走り出してきた少年に、まさかの空中で蹴り落された。そんな、アクション映画さながらの神業に、観客は思わずどよめく。一方で、

(痛《い》っ——たくはないけど！　危《あ》っぶねぇ、あんなの何回も成功せんぞ⁉)

爆竹を跳び蹴りで撃墜した当人たる政近は、その技の冴《さ》えとは裏腹に、思いっ切り冷や汗を掻《か》いていた。

スタッフにいろいろと指示を出し、ステージに出てみればいきなりの爆竹飛来だ。手で叩《たた》き落とすのは危険と見てとっさに足を出したが、成功したのは半分以上偶然だった。

「アーリャ無事か？」

「え、ええ」

「よし」

撃墜した爆竹がステージの下に落ちたのを確認し、背後のアリサを気遣う。

(というか、アーリャの安全を優先するなら普通に手で行くべきだったな……)

少し反省しつつ、政近はアリサを背後に庇いながら次にどう動くかを思考する。

(あの男、俺が直接取り押さえに行くか？　いやでもアーリャの傍を離れるのは……)

何か他に方法はないかと、周囲に視線を巡らせ……こちらに向かおうと人混みを掻き分けている、一際煌《きら》びやかな一団に気付いた。その先頭に立つのは、特徴的な蜂蜜色の縦ロールの女生徒。

「っ！」

それを視認するや否や、政近はアリサの持つマイクをアリサの手ごと摑むと、そちらに向かって呼び掛ける。

「そっちのたこ焼き屋の前の人達！　左右に分かれて道を空けてください！　そこの入り口にいる人も、道を空けて！」

大音声で飛んだ指示に、右往左往していた人々はとっさに従った。そうして出来た幅二メートルほどの道を、男装の麗人が疾駆する。蜂蜜色の縦ロールをなびかせ、背後に従卒のごとき男装の少女三人を引き連れながら。

突如現れ、自分に向かって駆けて来る一団に、男は少し動揺した素振りを見せてから、手に持っていた三つの爆竹を投げつけた。四人の先頭を走る女生徒――菫に向かって。しかし、菫は臆した様子もなく、冷静にマントを顔の前に掲げると、飛来する爆竹の中を一切速度を緩めることなく走り抜ける。

そして、男の前に辿り着くや、逃げようと身を翻した男の背中に、抜き打ちの一撃を叩き込んだ。模造刀とはいえ、本気で人を叩けば骨を折れるくらいの強度はある。しかもそれを振るったのは、十代の女性ではあるものの、竹刀で成人男性を軽く圧倒できる剣豪。当然、ただでは済まなかった。

逃げようとした男が体をえび反らせながらよろめき、その手から落ちた爆竹が、なおも閃光《せんこう》を炸裂させようとする。が、菫の両脇を走り抜けた二人の女生徒が、すり抜けざまに導火線をぶった切るという離れ業で強引に鎮火。最後に突進してきた小柄な少女が、鞘《さや》に納めた細剣を男の右脇腹にねじ込んだ。

「がっ⁉」

レバーブロー、というも生ぬるい一撃を食らい、男が地面に沈む。そして、女生徒たちの手によって瞬く間に拘束された。

「おぉ〜〜」

「か、かっこいい……」

「菫しぇんぱい……！」

リアル時代劇でも見たかのように、思わず拍手を始める群衆。その中を真っ直ぐ歩いてステージに上がってきた菫に、政近は軽く頭を下げた。

「助かりました、菫先輩」

「いいえ、こちらこそ助かりましたわ。おかげで迅速に処理が出来ましたので」

事も無げに縦ロールをファサッとする菫に、政近は内心「逞《たくま》しいなぁ」と苦笑しながら言う。

「あの男、風紀委員に任せていいですか？」

「ええ、もちろん……と、言いたいところなのですけれども。少々問題が起きておりまして」

「え？」

疑問符を浮かべる政近に、菫は拘束された男の方を見ながら言った。

「どうやら、あの男だけではないようですの。招かれざる客は」

「「え……？」」

「生徒会長とお姉様の方にも、おかしな連中が現れたそうですわ」

「会長の方に……!?」

「そんな、会長は無事なんですか？」

アリサの問い掛けに、菫は得意げに胸を張る。

「もちろん、お姉様がご一緒なのですもの」

「えっ、と？」

「あ、更科先輩のことね」

「ん？　そ、そう」

目をしぱしぱさせるアリサ。アリサにはちょっと難しい世界だった。

「それ以外にも、トラブルがいくつか……どうやら、いくつかの集団で入り込んでいるようですわ」

「なんで、そんな事態に……」

そう言ってから、政近はすぐに首を左右に振る。原因の究明は後。まず、起きてしまった事態への対処が先決だ。

「分かりました。俺もちょっと用事を済ませてから、実行委員会の職務に戻ります」

「あ、じゃあ私も──」

「アーリャはここに残れ」

「え？」

目を丸くするアリサの方へ振り返り、政近は迷いなく告げる。

「アーリャはここで、観客を落ち着かせてくれ。そしてスタッフと相談して、事態が落ち着き次第ライブをするんだ」

「え、でも……」

こんな事件が起きた後で、ライブをやるのか。そもそも、生徒会の一員である自分が事態の収拾に努めなくていいのか。そんな迷いが透けて見えるアリサの瞳を、政近は真っ直ぐな視線で射貫《いぬ》く。そして、強い覚悟を宿した声で告げた。

「俺は〝Fortitude〟のマネージャーとして、ライブを成功に導く責任がある。それに、言っただろ？　お前の足を引っ張る奴は、全員俺が排除してやるって」

それは、昨日ステージ裏で政近が立てた誓い。その言葉に、アリサの瞳から迷いが消え、力強い輝きが宿る。

「だから……俺を信じて、待っててくれ。必ず、ライブは決行させる」

そう言って政近が口を閉じると、アリサは胸の前で両手を握り、信頼感に満ちた笑みを浮かべた。

「ええ、信じてる」

「ん、よし」

「……気を付けて」

「ああ」

アリサに力強い笑みを返し、政近は菫の方へと振り返る。

「と、いうわけです。すみません。ここの警備役として、風紀委員から戦力を貸してもらえますか？」

「ええ、よろしくってよ。柊《ひいらぎ》さん！」

「はい」

菫がパチンと指を鳴らすと、その背後にシュタッと眼鏡の女生徒が立つ。……忍者かな？

「こちらの九条《くじょう》アリサさんと共に、動揺している皆さんを落ち着かせなさい」

「畏《かしこ》まりました」

男装でやたらと芝居がかった一礼をする女生徒だが、これでも女子剣道部副部長だ。戦力としては申し分ない。

「すみません、ありがとうございます。それでは、また後で」

「ええ」

菫に礼を告げ、アリサと最後に視線を交わしてから、政近は事態を収拾すべくステージを飛び降りた。

Иногда Аля внезапно кокетничает по-русски

第7話

暴力は全てを解決する

「毅《たけし》！」

まずバンドメンバーをアリサの下へ集合させるべく、政近《まさちか》はステージ上から見付けた毅の方へと駆け寄った。

「おい！　毅！」

「お、おぉ……」

近くで呼んでいるのにどうにも反応が鈍い毅に眉をひそめ……その視線の先にいる人物を見て、政近も固まる。

「白鳥《しらとり》……」

「……」

どうしていいのか分からない様子で、無言で視線を逸らす奈央《なお》。政近は一秒間だけ逡《しゅん》巡《じゅん》すると、こちらもどうすればいいのか分からずに固まっている毅に、改めて声を掛けた。

「毅、白鳥のことは一旦後回しにして、ステージに戻るぞ」

「え、でも……」

「白鳥は逃げないし、後でちゃんと話はする！　だから、今はライブに集中してくれ！　弟に見せるんだろ！」

政近の言葉に、毅は一瞬肩を揺らしてから慌てて周囲を見回す。

「そ、そうだ、叶《かなう》！　あいつ、どこに──」

「ちょっ、～っ、白鳥！」

突然駆け出した毅に虚を衝かれ、政近は数歩足踏みをしてから奈央の方を向いた。そして、ピクッと肩を揺らしながらこちらを向く奈央に、ガバッと頭を下げる。

「さっきは言い過ぎてごめん！」

「え──」

「悪い、詳しい話はまた後で！」

口早にそれだけ言い残すと、政近は毅の後を追った。幸い毅は辺りを見回しながら彷徨っていたので、見失うことはなくすぐに追いつく。そして、それと同時に毅が弟を発見した。

「叶！」

「あ、兄ちゃん！」

「大丈夫か⁉　さっきので怪我《けが》とかしてないか⁉」

「う、うん、このお姉さんが守ってくれて……」

そう言って叶が視線で示すのは、彼と手を繋いでいる沙也加《さやか》。その空いてる方の手をガシッと握り、毅は深々と頭を下げる。

「沙也加さん！　マジでありがとう！」

「え、ええ、まあ偶然……」

「本当にっ、ありがとう……！」

　毅の熱烈な感謝に目を白黒させながらも、沙也加は冷静を取り繕うべく眼鏡を押し上げようとして……両手が塞がっていることに気付いて固まった。珍しく動揺を露《あら》わにする沙也加に意外感を覚えつつ、政近は毅に声を掛ける。

「悪い、感動的なシーンに割り込んで申し訳ないが、早いとこステージに戻ってくれないか？　弟さんも連れてっていいから」

「え、でも……」

「ライブは必ずやる。だから、信じて準備しておいてくれ。光瑠《ひかる》と乃々亜《ののあ》もすぐ呼んでくるから」

　政近の言葉に、毅と沙也加は少し顔を見合わせてから頷《うなず》くと、三人でステージの方に向かって行った。その背中を見送り、政近はスマホを取り出しながら残り二人がどこにいるのか考える。

「光瑠……は、トイレか。校舎の方だな」

　そして、光瑠に電話を掛けながら、政近は校舎の方へと駆け出すのだった。

◇

「うぅ、まだなんか気持ち悪い……緊張するとすぐこうなんだよなぁ」

トイレを済ませた光瑠は、校庭に戻るべく、渋い顔をしながら廊下を歩いていた。すると、校舎を出てすぐ脇のところで、何やら男女が言い争うような声が耳に飛び込んでくる。

そちらを見れば、そこには少し派手めな女の子を男の集団が囲っている光景があった。

ただのナンパ……にしては、雰囲気が穏やかではない。そもそも、一人の女の子を四人の男が取り囲んでいる時点で異様だ。しかも、その男達は全員が髪を金や緑といった派手な色に染め上げ、だらしなく着崩した服装をしているのだ。明らかに、征嶺学園《せいれいがくえん》やその周辺地域ではなかなかお目に掛からない、不良と呼ばれる人種だった。

（なんだ……？　なんで、あんな連中がこの学園に来てるんだ？）

どこかの生徒のやんちゃなお友達……で片付けるのは、いささか無理がある。そもそも招待券には招待者の名前が書いてあるので、問題がある人間を招待すれば招待した生徒も責任を問われるのだ。あんなリスクの塊みたいな人間を招待して、あまつさえ野放しにする生徒がいるとは思えない。

（って、そんなこと考えてる場合じゃない）

周りにも男達の様子に気付いていいる生徒はチラホラいるようだが、誰も助けに動く様子はない。光瑠自身も荒事なんて全く経験がないし、不良と会話をすることだって初めてだが、見過ごすという選択肢は端からなかった。

「っと？」

そこで、光瑠のズボンのポケットの中で、スマホが振動し始めた。だが、光瑠はそちらを一旦無視して、男達の方へと近付く。

「だから、おねぇに呼ばれてるんで！　もう行かせてください！」

「だからそのお姉さんも一緒に呼べばいいじゃ～ん」

「そ～そ、一緒にイかせてやるよ～？」

目に見えてイラついている少女の周りで下品な笑い声を上げながら、男達は徐々に徐々に人気のない方へと移動していく。そこに、光瑠は勇気を振り絞って声を掛けた。

「あの、すみません」

しかし、男達はチラリと光瑠を見ただけで、その存在を完全に無視する。

「あの！　ちょっといいですか！」

「ああん？」

らちが明かないと判断し、光瑠は思い切って男の一人の肩を摑んだ。そして、向けられた凶悪な眼光に唾《の》を呑みながら、ぐっとお腹《なか》に力を込める。

「学祭実行委員の者です。校内で、相手の意思を無視した執拗《しつよう》なナンパ行為は控えてもらえますか？」

はったりも交えた、冷静な声掛け。しかし、相手は元より話の通じる人種ではなかった。

「あ～ハイハイ、そういうのいいから」

男は雑に光瑠の手を払《はら》い除《の》けると、取り繕う気も失《う》せた様子で強引に少女の腕を掴んだ。

「痛っ、ちょっと！」

「なっ！　あんた達も招待客なんだろ⁉　ここで問題を起こせば、招待した人間も処分を受けるんだぞ‼」

光瑠の言葉に、男達は一瞬動きを止めてから、続いて一斉にニヤァッと厭《いや》らしい笑みを浮かべる。

「招待した人間、ねぇ？」

「言っとくけどよぉ、オレらがこんなことしてんのも、その招待した奴のリクエストなんだわ」

「は……？」

光瑠が呆気《あっけ》に取られた瞬間、目の前でニヤついていた男が突然真顔になり――次の瞬間、腹部に衝撃が突き抜けた。

「っ⁉　がほっ！」

一瞬にして脚から力が抜け、光瑠はその場に崩れ落ちる。直後、内臓が裏返るような激痛が腹部から喉元までせり上がってきて、光瑠は悶絶《もんぜつ》した。

「プッ、ハハッ、弱《よ》っうぇ～～かっこつけてんじゃねぇよザコがっ」

「おいおいもっと鍛えろよ金持ちの坊ちゃんよぉ」

「な、なんてことするのよあんた達！」

頭上から男達の嘲笑《あざわら》う声と少女の悲鳴じみた抗議の声が聞こえるが、そんなものを意識する余裕はない。今までの人生史上最大とも言える痛みに、ただ視界を涙でにじませながら地面を見つめるしかなかった。ただ、

「あっ、おねぇ！　烈音《れお》！」

少女が上げた声に、誰か助けが来たことを察して……

（あ、よかった、ぁ）

光瑠は、頭の片隅で少し安堵《あんど》した。

◇

乃々亜が明確に周囲とのずれを自覚したのは、四歳の時だった。

それは、幼稚園でのお昼休みのこと。グラウンドの隅の小さな池に大きなカエルがいるという噂が立って、同じ組の園児十数名がその場に集まっていた。そして、池の中央付近から突き出した枯れ木の上に見たことないほど大きなカエルがいるのを見付け、数名のやんちゃな男子が石を投げつけ始めたのだ。

そこへ、先生の一人が慌てた様子で駆けて来た。普段から「池は危ないから近付いては

いけない」と言っているので、今回もその注意をするつもりだったのだろう。しかし、水面に逃れたカエルに執拗に石を投げる男子達を見て、その先生は表情を変えた。

「やめなさい！　カエルさんが可哀《かわい》そうでしょ！」

先生の叫び声に、石を投げていた男子達がピタリと動きを止める。周りで見ていた子供達も、どこか気まずそうに顔を伏せた。その中で、乃々亜だけは。

どこまでも純粋に、「先生は何を言っているのだろう？」と思っていた。

カエルが可哀そうかどうかなんて、先生に分かるはずがない。そんな誰にでも分かる嘘を、どうしてこの先生は平気な顔で言うのだろうか。いつも、子供達には「嘘を吐いてはいけません」と言うくせに。どうして……

「は〜い」

「わかった〜」

どうして、他の子達は納得しているのか。不思議を通り越して、不気味だった。真面目な顔で嘘を吐く先生も、それに騙《だま》される周りの子供達も。自分と違う生き物に思えて仕方がなかった。

池に近付いてはいけないのは分かる。沈んだら危ないからだ。お友達を叩《たた》いてはいけないのは分かる。誰かを叩けば、その誰かに叩き返されるからだ。でも、カエルに石を投げてはいけない理由は分からない。カエルに石を投げたところで、石を投げ返されるわけじゃない。どれだけ頭をひねっても、人間がカエルに痛い目に遭わされるとは思えない。まさか絵本のカエルのように、魔法で人間になるわけでもあるまいし。実際に先生も、「危ないから」じゃなく「可哀そうだから」と言った。つまり……

（そっか、みんなバカなんだ）

　きっと、そういうことだろう。本当は先生も、どうしてカエルに石を投げてはいけないのか分からないのだ。分からないから、テキトーな嘘を吐いて騙そうとしたのだ。そして、他の子達はそれにあっさり騙された。騙せると思っている先生も、騙される子供達も、み～んなバカなのだ。そう気付いた瞬間、乃々亜の中で先生は信用できない存在になった。

　嘘を吐くから。嘘を吐いて、騙そうとするから。

「みんな、分かりましたか？」

「「「「は～い」」」」

　けれど、わざわざそれを表に出したら、面倒になるということもまた分かった。それに、母にも「先生の言うことをよく聞きなさい」と言われていた。だから、乃々亜は、

「はい」

　周りに合わせて、素直に頷いた。

　それからも、乃々亜の中で先生に対する不信感はどんどん膨らんでいった。よくよく聞けば、先生の言葉は嘘と矛盾だらけだった。子供に分かる範囲でもそうなのだから、実際はもっとたくさんの嘘を吐いているのだろう。そう思ったら、もう何ひとつとして信じることが出来なくなった。

「ねぇパパ、ママ、どうしてせんせいはウソをつくの？」

ある日、周囲の気持ち悪さに耐え切れなくなった乃々亜は、家で両親にそう尋ねた。すると、両親は驚いた様子で目を見開き、何があったのかを尋ねてくる。それに対して、乃々亜は拙い言葉で語った。

先生が、何も本当のことを言ってくれないこと。テキトーなことばかり言って、強引に言うことを聞かせようとすること。

それらを懸命に伝えると、父は真剣な表情で頷き、乃々亜の頭を撫《な》でた。

「そうか……乃々亜は、他の子よりもずっと大人で賢い子なんだね」

「……かしこい？」

「そう、乃々亜は賢いから、大人の嘘が分かっちゃうんだ」

賢い。それは、予想外の言葉だった。ずっと、自分が特別変わっているのだと思っていた。だから、父のこの思わぬ褒め言葉は、乃々亜にとって光明だった。

「ウソ……やっぱり、みんなウソをついてるの？」

「うぅ～ん、何が嘘かっていうのは難しいけど……」

口ごもる父に代わって、母が口を開く。

「あのねののちゃん。この世界では、みんなが本当だと思ったことが本当になるのよ？」

「ええ？　それが、ウソでも？」

「そうよ。嘘でも、みんなが本当だと思えばそれは本当になるの」

「……きもちわるい」

　眉をひそめてそう呟く乃々亜に、彼女の両親は少し困ったような顔をする。実のところ、この時二人は、娘の真の特異性に気付いていなかった。乃々亜の……罪悪感と共感性の欠如という、生まれついての特異性に。

　乃々亜が周囲とのずれを感じた一番の原因は、生き物《カエル》をいじめることに罪悪感を覚えることが出来なかったから。そして、周囲の「生き物をいじめるのは可哀そう」という意識に共感することが出来なかったからだ。

　両親は「賢さゆえに大人の本音と建て前を見抜いたのだろう」と考えていたが、それは間違いだった。単純に感情論を理解できず、自分の感情にも周りの意見にも流されなかったからこそ、先生の言葉を冷静に「本質を隠した誤魔化しだ」と判断したに過ぎない。

　だがその勘違いをした上で、乃々亜の両親はこの時、奇跡的に正解を引いた。

「乃々亜。賢いことは誇れることだけど……周りに合わせることも大事だよ？　ほら、変に周りに逆らって、うざがられたり注意されたりしても面倒くさいだろう？」

「それでもどうしても先生の言うことが納得できなければ、ママかパパに言って？　その時は、私達から先生にお話しするから」

　純粋に娘のためを思ったこの二人の言葉は、乃々亜の胸にストンと落ちた。

　そしてこの時、乃々亜の中で両親だけは信頼できる大人になった。賢過ぎる自分が周囲に合わせるため、面倒事を避けるために、両親の言うことには従おうと決めたのだ。その絶対的ルールは、乃々亜を縛り、乃々亜を守る唯一無二の法となった。

　そして、乃々亜は今。

　ニヤついた顔でこちらに近付いてくる男を前に、自身の法に問い掛けていた。

　男の背後には、他の男に腕を摑まれている玲亜《妹》。腹部を押さえてうずくまっている光瑠《友達》。玲亜《妹》を助けようとして、殴り倒された烈音《弟》。その光景に……乃々亜は久方振りに、心臓が強く高鳴るのを感じた。

（あぁ、いい……）

　心が動く。体に熱が宿る。いつも世界を俯瞰している自分の意思が、自分の体と一体化していく感覚。自分が人間になる高揚感。

（もっとこの感覚に浸っていたい……けど、これ邪魔だなぁ）

目の前の邪魔物を見つめ、乃々亜は考える。この場で今、自分はどうすべきか。今まで両親に与えられた、いくつものルールを振り返る。

『弟と妹には優しくしなさい』『友達は大切にしなさい』『先に手を出してはいけません』『危ないことをしてはいけません』『危ない目に遭ったらまず逃げなさい。それが出来なければ助けを呼びなさい』『変な人に絡まれたら…………』

　それらのルールを自分の中で検討し、この場において自分が何をすべきで何をしてはいけないのかを考える。そして、結論を出した。

「おいおいマジかよ。こっちもめっちゃカワイイじゃ――」

「誰かぁ――!!　助けてぇ――!!」

「!?」

下卑た笑みを浮かべながら近付いてきた男の目の前で、乃々亜は力いっぱい叫んだ。突然の悲鳴に、男は面食らった様子で立ち竦《すく》む。否《いや》、男が立ち竦んだ本当の理由は……目の前の少女に、恐怖の色が見られなかったからだ。

声の限り助けを求めているのに、この少女は何も恐れていない。叫び終えた少女の目はガラス玉のように無機質で、まるでただ言われたことを義務的にこなしたかのよう。その異様な姿が、美しく整った容姿と相まって非人間的な不気味さを醸し出していた。

「っ!」

得体の知れない存在を前にして、男は我知らず一歩後ずさる。その顔を無表情で見上げ、言いつけを守った乃々亜は手っ取り早く目の前の邪魔者を排除することにした。

(とりあえず、目を潰しておこ)

あくまで合理的に。何の躊躇《ためら》いもなく。

乃々亜は、男の両目に向かって指を突き出した。

「うぉっ!?」

男が反射的にのけ反って顔を背けたため、当たりこそしなかったが。だが、その意思は十分に伝わった。

(な、なんだ?　今、何をされたんだ!?)

男は内心自問自答するが、答えは分かっていた。男の常識が、それを認めたくなかっただけで。

目を、狙われた。格闘技はもちろん、ルール無用の喧嘩《けんか》ですら忌避される禁じ手。目潰しを仕掛けられたのだ。それを行った目の前の女は、「あれ？　外した」とでも言いたげな……まるでサッカーのシュートでも外したかのような、微かな不審と失望のにじむ顔をしていて――

「ヒッ」

背筋に凄《すさ》まじい怖気《おぞけ》が走り、男は我知らず引き攣った声を漏らした。

それは、暴力を向けることにも向けられることにも慣れている男にとっても、初めての経験だった。殺気も、怒気も、愉悦もなく、突如襲い掛かって来た凶悪に過ぎる暴力。そんなことを平然と行った目の前の存在に、男は心底恐怖した。

「う、うわぁぁぁぁ!!」

だからそれは、暴力の形を取った緊急避難だった。目の前の存在を許してはならない。この美しい少女の形をしたナニカを、今すぐ排除しなければならない。

そんな狂乱に衝《つ》き動かされて振りかぶった拳は……標的が急に後退したせいで、あっさりと空を切った。そして、大振りをすかして隙だらけになった男の顔面に、

「ぶガッ!?」

真っ正面から拳が突き刺さり、男の意識は一撃でブラックアウトした。

「お前なぁ……少しは避けろよ」

「あ、くぜっち」

乃々亜を後ろから引っ張り、ついでに男の顔面にカウンターの正拳突きを見舞った政近は、腕の中の乃々亜に呆れ気味《あきぎみ》に告げる。図らずも背後から肩を抱くような体勢になっているが、政近の顔に照れはなく、乃々亜の顔にも表情らしい表情はない。いや、よく見れば瞳の奥に少し、感情の揺らぎのようなものが……見えかけたのも束の間《つかのま》、不意に乃々亜はくしゃりと表情をゆがめると、政近の肩に顔を埋めた。

「あ、ありがとぅ……わたし、怖かった……っ」

（うげぇ）

突然、暴力に怯《おび》えるか弱い乙女のように振る舞い出した乃々亜に、政近は嫌そうな顔が表に出ないよう表情筋を固める。

今この場で、乃々亜の演技に気付いているのは政近だけだった。周りでうろうろしていた生徒達も、乃々亜の行動に安堵《あんど》と好感に満ちた視線を送っている。そして……乃々亜の叫びを聞いて駆け付けた、乃々亜のステキなオトモダチ達も。

「あ？　な、なんだお前ら！」

「あぁ？　お前らこそなんだよ。乃々亜に何しようとしてくれてんだ？」

「殺す。絶対に殺す」

殺意をこれでもかと振り撒《ま》きながら現れた大柄な男子生徒二人が、残りの不良達を悪鬼のごとく追い詰める。その光景を、政近は乃々亜を腕に抱いたまま「うわぁ」という表情で眺めていた。

　政近も、あの二人に関して詳しいことは知らない。だが、彼らが乃々亜を狂的に信奉し、その手足となって表沙汰には出来ないようなあれこれをしていることは知っていた。表向きは乃々亜を遠くから慕う慎《つつ》ましやかなファンだが、その実態は乃々亜にとって邪魔な存在を闇へと葬る狂信者だ。

（あっちは任せてよさそうだな……というかむしろ、やり過ぎないよう気を付けるべきか？）

　そう判断し、政近はようやく上体を起こした光瑠の下へと駆け寄る。

「おい光瑠、大丈夫か？」

「う、うん……もう落ち着いたから、大丈夫」

　お腹《なか》を手で押さえながら、光瑠はゆっくりと立ち上がろうとするが……脚に力が入らなかったらしく、少しふらついてしまう。

「っと」

　とっさに光瑠の右腕を摑んで支える政近。だが、それと同時に光瑠の左腕を支える……というか、抱き着く者がいた。

「あのっ、助けてくれてありがとうございましたっ」

「あ、あぁ、いや……」

光瑠の左腕に抱き着き、キラキラとした瞳で体をすり寄せるのは、不良達に絡まれていた少女。

「あの、君は……もしかして、乃々亜さんの……？」

「はい！　おねぇの妹の、宮前《みやまえ》玲亜って言います！　あ、こっちは弟の烈音です」

そう言って玲亜がぞんざいに示した先には、頬《ほお》を腫らした少し生意気そうな少年が不貞《ふて》腐《くさ》れた顔で立っていた。

「君、大丈夫か？　あいつらに殴られたのか？」

「いや、こんくらいなんでもないんで」

政近の気遣いにも、烈音は迷惑そうに顔を背けるだけ。それに一瞬「ガキね」とでも言いたげな目を向けてから、玲亜は一瞬にして笑みを浮かべ、光瑠を上目遣いに見つめた。

「おにぃさんの名前は、なんて言うんですか？」

「え、あぁ……清宮《きよみや》光瑠、です」

「ヒカル……素敵な名前ですね！　ヒカルさんって呼んでもいいですか？」

そう言ってちょっと首を傾げる少女は、多少あざとさはあれど、流石乃々亜の妹というだけあって大変に可愛らしかったが……

「あぁ、ハハ……」

光瑠からすると、正直めちゃくちゃ苦手なタイプだった。思いっ切り苦笑いを浮かべて、曖昧な返事をする光瑠。だが、玲亜は全く意に介さない。

「それじゃあそう呼ばせてもらいますね？　ヒカルさん、助けてくれてありがとうございました」

「いや、実際僕は何も出来なかったし……」

「そんなことないです！　あのままだったら、あたし一体どうなってたか……」

口元に手を当てちょっと視線を落としながら、瞳を潤ませる玲亜。なんとも庇護《ひご》欲をそそる仕草だったが、光瑠の反応は鈍い。

「まあ、何事もなくてよかった……いや、何事もっていうのは失礼か」

「ふふっ、優しいんですねヒカルさん。でも、ヒカルさんの方が心配です……お腹、大丈夫ですか？」

「うん、大丈夫」

そのやりとりに、政近は視線を鋭くして尋ねた。

「殴られたのか？　それとも蹴られた？」

「殴られた、かな」

「誰に？」

「いや……そこに伸びてるんだけど」

光瑠の視線を追えば、そこには仰向《あおむ》けにぶっ倒れる男の姿。

「へぇ……」

冷たい声でそう言いながら、政近はゆらりと男の方へと向かう。その手首を、危機感に駆られた光瑠がガッと摑んだ。

「ちょ——なにするつもり？」

「待ってろ。ちょっと叩《たた》き起こして、お前に土下座させるから」

「いやいやもう十分だから。既にすっごい鼻血出てるし……というか、前歯折れてない？　あれ」

「あれは正当防衛だからノーカンだろ」

「いやもうホント十分だから！」

再度力いっぱい止められ、政近は倒れている男を見て鼻を鳴らしてから、光瑠の方に振り返る。

「それじゃあ、念のため保健室行くか」

「え？　や、大丈夫だよ」

「ダメだ。骨や内臓にダメージが行ってたら危険だろ？」

「そうですよ！　あたしも付き添いますから、一緒に行きましょ？」

それはそれで勘弁して欲しい……という顔になる光瑠だったが、生憎《あいにく》政近は時間が惜しい。この不良達のような連中がこれだけではないと考えれば、いつまでもここに留《とど》まっているわけにはいかなかった。

「それじゃあ、玲亜さん？　任せてもいいかな？」

「え、ちょ——」

「はい！　ほら、烈音も一緒に行くよ」

「オレは別に……」

渋い顔をする烈音に、乃々亜が淡々と言う。

「ダメ、口の中切ってるでしょ」

「ちょっ、だから子供扱いすんなよねぇちゃん！」

「？　子供扱いじゃなく、弟扱いだってば」

「んだよそれっ」

弟の腫れた頬に触れようとして、手を振り払われる乃々亜。政近はそちらに近付くと、乃々亜の耳元にそっと囁いた。

「(光瑠の治療が終わったら、ステージに戻ってくれ。あと、あの連中の始末はオトモダチに任せてもいいか？)」

「(りょ〜)」

なんの気負いもないぞんざいな返事。今ばかりは、その言葉が頼もしかった。

「(頼んだ)」

感謝を込めてそう告げると、政近はアリサとの約束を果たすべく動き始めた。

◇

その頃、一年D組とF組が運営するメイド喫茶には、これまた別の不良グループが現れていた。

「きゃっ！」

「おいおい、『きゃっ！』だってよ。お嬢様は悲鳴まで上品なのか？」

「や、やめてください……」

「いいじゃねぇかよ尻くらい。サービスしろよメイドさんよぉ」

ここをキャバクラか何かと勘違いしているような振る舞いをする彼らに、しかし女生徒たちは何も言えない。彼女らの中心である沙也加と乃々亜が、ライブで不在なのが大きかった。なんと言っても、征嶺学園は富裕層向けの学園なのだ。多くの生徒は、荒事とは無縁に大事に育てられている。彼らのような、粗暴さがにじみ出ている……というか、むしろ積極的に誇示するような人種とは関わり合いになったことがない。

「へへっ、いやぁ金持ち学校の学園祭なんて行ってもつまんねぇと思ってたが、思ったより楽しめるな」

「だな。しっかし本物のお嬢様はやっぱ違うねぇ。うちの汚ねぇ女どもとは大違いだ」

「誘ってくれて感謝です！　権田《ごんだ》さん！」

「おう。オレに大いに感謝しろ？」

鷹揚《おうよう》に笑う、眉の細い一際大柄な男。仲間に権田と呼ばれたこの男が、このグループのリーダーだった。

実のところ、彼自身は征嶺学園とは縁もゆかりもない。駅で言えば八駅も離れた、地元では荒れていると有名な公立高校に通う不良だ。征嶺学園のことは、「なんか頭のいいお金持ちが通う学園」という程度の知識しかない。そんな彼が、なぜ仲間を引き連れて秋嶺祭に来たのか。それは、二週間前に彼の下に届いた差出人不明の封筒が原因だった。

封筒の中には十枚の招待券と、一枚の手紙が入っていた。手紙には「秋嶺祭をめちゃくちゃにして欲しい」という依頼と、どの時間なら警備に引っ掛からずに入場できるのか、事を起こした後の逃走経路、報酬の支払い方法等々、その詳しい方法と報酬について書いてあった。最初は半信半疑だった権田も、前金が置いてあると書かれていた駅のロッカーを調べ、実際にそこに現金が入っていたことから、この手紙が本当だと確信した。

「マジ、おごってもらっていいんすか⁉」

「ああ、この前ちょっと臨時収入があってな」

「さっすがだぜ！　権田さん太っ腹ぁ！」

もっとも、馬鹿正直に指示に従って大暴れするつもりはない。手紙には何をしようと罪にはならないと書いてあったが、それを鵜呑《うの》みにするほど馬鹿ではないのだ。だから、権田は警察沙汰になるようなことは一切するつもりはなかった。精々、この前金を使って好き放題に遊ばせてもらう。それでもし報酬がもらえれば儲《もう》けもの……くらいの気持ちだった。

（だが……思ったより悪くねぇな）

周囲でこちらをビクビクと窺う、見るからに育ちのよさそうな少女達。化粧っ気の少ない綺麗《きれい》な肌に、一度も染めたことのないであろう綺麗な黒髪。同じ女子高生でも、自分達が通う学園にいる女子高生とは全く別の生き物だ。きっと、私立に行くことはおろか塾に通う金すらなかった権田たちとは、根本的に生きる世界が違うのだろう。

そんな、本来対等に話すことすら出来ないだろうお嬢様達が、今は自分達の顔色を窺っている。それが権田にとっては、実に愉快だった。学校で下級生を従わせるのとはまた違う、圧倒的な全能感と共に支配欲が満たされる。

「ちょっと！　あなた達いつまで居座る気⁉」

だが、そこに水を差す人間が現れた。見れば、他の生徒と違って髪を染め化粧もした一人の女生徒が、腰に手を当ててこちらを睨んでいる。彼らは知るべくもないが、彼女は乃々亜の取り巻きの一人だった。我らの女王の不在中にこれ以上の蛮行は許さないと、脚と目に必死に力を込めて声を張る。

「うちの子達にずいぶんとセクハラしてくれたみたいじゃない。お金はいいからとっとと出て行きなさい！」

「あぁん？」

女生徒の啖呵《たんか》に、一人の男が眉を吊《つ》り上げて席を立つ。が、

「おい」

権田は、ギロンと睨《にら》みを利かせてその男を座らせると、嘘くさい笑みを浮かべて女生徒

に向き直った。

「悪いなぁちょっと行儀が悪くて。オレらんとこじゃあ尻触るくらいじゃセクハラにもならないもんでよ。ちゃんと注文はするんで、勘弁してくれねぇか？」

予想外に下手な申し出に、女生徒は出鼻を挫《くじ》かれたように瞬《まばた》きする。が、すぐに眉間にしわを寄せると、その申し出を突っぱねた。

「言い訳はいいわ。これ以上居座られると迷惑なのよ。いいから出て行きなさい」

「おいおい、だから金は払うって言ってるだろ？　それに、オレらがいて誰が迷惑してるってんだい？　なぁ？」

そう言って権田が周囲を見回すも、他の客は全員とっくに出て行ってしまっている。その原因が権田たちにあるのは、火を見るより明らかだった。

「あなた達のせいで、他のお客さんが入ってこれないのよ！」

「そりゃ大変だ。おぉい、オレらがその分も金を落とせってさ」

「しゃーねぇなぁ。じゃあオレ、コーラで！」

「あ、俺はビールで」

「バッカお前、そんなんメニューにねーだろうが」

ゲラゲラと馬鹿笑いをする仲間達。それからも、権田は女生徒の要求をのらりくらりと躱《かわ》していたが……女生徒が根負けしそうになったところで、教室の扉がスパンと開いた。

「そこまでですわ！」

特撮ヒーローみたいなセリフを吐きながら入って来たのは、蜂蜜色の縦ロールが眩《まぶ》しい男装の麗人。

「「「菫《すみれ》先輩！」」」

今日も今日とてヅカヅカしいその姿にメイド達が歓喜し、権田たちが呆気《あっけ》に取られる中、菫は権田たちを堂々と見下ろし、胸を張って言った。

「話し合いでは何も解決しませんわ。ここはひとつ、冷静に暴力と行きましょう！」

「冷静に暴力て」

お嬢様然としたその容姿とは似ても似つかない脳筋発言に、権田たちは目が点になる。

が、そんなことは気にも留めず、菫は抜刀した模造刀を顔の前に立てると、優雅に獰猛《どうもう》な笑みを浮かべて言った。

「制☆圧、ですわ」

その言葉を合図に、教室に突入してきた風紀委員五名。

「ちょ、待っ——オレ達は別に暴れたりゲハァ!?」

「は、話が違ぁがはっ！」

「武器は卑怯《ひきょう》うごォ!?」

権田たちが反論も反抗も許されずに蹂躙《じゅうりん》されるまで、一分と掛からなかった。

◇

「九条《くじょう》先輩！　また生徒からトラブルの連絡です！」

「場所は？」

「えっと、体育館の近くで……男三人が女生徒二人を強引にナンパしてるそうです」

「それなら、さっきの連絡と同じ件ね。委員長、警備員をそちらに向かわせましょう」

「あれ？　ちょっとすみません、その件もう解決したみたいです。その場に居合わせた来場者の方が、騒ぎを起こした人間を取り押さえたそうで……」

「来場者が？　その方に怪我《けが》などは？」

「ないそうです。詳しい話は聞けなかったんですが、入場券を確認したところ、更科《さらしな》先輩のご家族ではないかと……」

「ああ、茅咲《ちさき》ちゃんの……」

大会議室に設けられた実行委員会本部にて、マリヤは実行委員長や副委員長と共に事態の把握と収拾に努めていた。次から次へと舞い込む、迷惑客とのトラブルや暴力事件の報告。このような事態を全く想定していなかった実行委員の面々は、すっかり動揺してしまっている。それでもなんとか対応に動けているのは、この三人が落ち着いて指示出しをしているからに他ならなかった。

「委員長！　体育館でステージに乱入した男がいるそうです！」

「落ち着け、体育館なら教師が何人かいるはずだ。それより、校門の閉鎖はまだか？　校内放送の準備は？」

「閉鎖は今完了したようです！　校門のところで、井上《いのうえ》が来場者への説明に当たってます」

「よし、それじゃあ――」

「失礼します！」

そこで、大会議室の扉を開けて入って来たのは、統也《とうや》と茅咲。思わぬ人物の登場に、その場の人間に驚きと安堵《あんど》が同時に広がる。

「統也……来光会の方達はどうした？」

「外に連れて来ていたボディーガードを呼んでもらって、その人達と生徒会室で待機してもらってます。こんな状況じゃ、案内も何もありませんから」

「そうか……」

統也の言葉に、委員長は少し気がかりな様子を見せてから頷《うなず》くと、改めて指示を出す。

「分かった。統也、こっちを手伝ってくれ。更科は……」

「分かってる。トラブル起こしてる奴らを、全員潰せばいいんでしょ？」

闘気と殺気を充満させながら爛々《らんらん》と目を輝かせる茅咲に、委員長は頬《ほお》を引《ひ》き攣《つ》らせる。

「やり過ぎないようにな？　あと、くれぐれも関係ない人を巻き込まないように。今監視カメラの確認も進めているところだが、どうやら侵入者が持ってる招待券は紙の材質が本物と違うらしいから、怪しい人間を見付けたらまずそこを──」

「了解。でも、やり過ぎないようにってのは保証できないかも。あたし達が一生懸命作り上げた学園祭をめちゃくちゃにして……絶対許さない」

煮え立つような怒気を込めてそう言うと、茅咲は委員長の言葉を待たずに大会議室を飛び出した。その背を頼もしさ半分（やり過ぎないかの）心配半分で見送っていると、不意に一人の眼鏡を掛けた男子が立ち上がる。

「僕も現場に行きますね」

「加地《かじ》？」

「剣崎《けんざき》君も来ましたし、警備状況について少し先生方と話したいことあるので」

その言葉に、委員長は「たしかに、統也と仕事させるのも気まずいか」と考えて頷いた。

「分かった」

「はい、では」

「委員長！　一年Ｄ組は片付いたそうです！」

「おお、分かった」

突如同時多発的に起こったトラブルは、しかし実行委員会と風紀委員会の迅速な対応により、着実に終息へと向かっていた。

◇

「でたらめ、ですね」

廊下で何やら「お前らのせいで俺の人生は台無しだ」とか「俺の会社はお前らに潰されたんだ」とか訳の分からないことを喚《わめ》いて暴れていた中年男を制圧した有希《ゆき》は、その男が持っていた招待券を見て呟いた。

そこには招待客の名前と一緒に招待者の名前も書いてあるのだが、その招待者の名前は有希の記憶にない。つまり、学生名簿に載っていない架空の生徒名だったのだ。

「こんな招待券では、学園には入れないはずなのですが……」

この招待者欄の名前は、校門で風紀委員にチェックされている。架空の生徒の名前を使えば、その時点で入場拒否されるはずだった。

「お嬢ちゃん、この男はどこに連れて行けばいいかな？」

「ああ、申し訳ありません。風紀委員会室へ……場所は分かりますか？」

「大丈夫。僕はここの卒業生だからね」

「それでは、お願いしてもよろしいですか？」

「ああ、分かったよ」

男の身柄を近くの大人に任せ、有希は綾乃《あやの》の方を振り返って肩を竦《すく》める。

「どうやら、偽造した招待券をばら撒《ま》いた人間に加えて、内部から侵入を手引きした人間がいるみたいね。同一犯の可能性もあるけども……」

「左様で、ございますか」

「……とりあえず、武器をしまいなさいな。あまり人に見られてもいいものではないし」

「あ……失礼しました」

有希に言われ、綾乃は男を制圧する際に使用したシャーペンのようなものを袖に隠した。

そして、不意にぽつりと呟《つぶや》く。

「……生徒会室です」

「ん？」

「政近様なら、生徒会室に向かわれると思います」

綾乃の言葉に、有希は眉根を寄せて数秒考え……

「……なるほど。狙いは来光会、ね」

そう独《ひと》り言《ご》つと、有希は綾乃を連れて生徒会室を目指した。

◇

その、生徒会室にて。ＯＢＯＧとして訪れた母校で起きた、学園全体を巻き込む規模の大騒動。社会人であれば管理監督者の責任問題は避けられないであろう不祥事に、この場に集まった来光会の面々は当然のように不快感を示して……は、いなかった。

「さて……どのように収拾をつけるつもりでしょうね」

「それより、この騒動を起こしたのは誰なのかな？　現生徒会……あるいは前会長と副会長を狙ってのことだとは思うが」

否、それどころか彼らは、この騒動をむしろ楽しんですらいた。騒ぎが起きていた校庭を見下ろす目にも、心配よりも好奇の色が濃い。その姿はまさしく、高みの見物といった様子だった。

もちろん、本当に怪我人《けがにん》が続出するような騒動になったら、ここにいるボディーガードを動員してでも事態を収束させるつもりではある。だが、今の段階ではまだ後輩達の対応を静観する構えだった。なぜなら彼らにとっては、選挙戦でこの程度の騒動が起きるのは珍しくもないことだったから。

「前生徒会長が実行委員長を務め、現生徒会が取り仕切る秋嶺祭。現生徒会の転覆を目論《もくろ》む者がここを狙うのは、我々の世代では定石だったのですけどねぇ」

「むしろ、この秋嶺祭を無事に乗り切ってこそ、来光会に入る資格を得られるというものだったが……これも時代の移り変わりか」

「それにしても情けない……っと、失礼。周防《すおう》さんのお孫さんを侮辱するわけではないのですが」

「構わん。孫娘がこの事態を防げなかったことは事実だ」

彼らが学生だった頃。それこそ、全国の学校で普通に教師による体罰が存在していた頃。征嶺学園はそこに通う生徒にとって立派な社交の場であり、選挙戦は生徒達がそれぞれの家を代表して行う、れっきとした派閥争いだった。

元は単なる有力な卒業生の集まりであった来光会が、より権力の集中化と精鋭化を目指して選挙制度を導入したのが約七十年前。以来、学園の生徒はたった二つの席を目指して、権力、財力、時には暴力すらも駆使して争うようになる。そしてその何でもありが合法の選挙戦においては、怪我人や退学者が出ることすら珍しくはなかった。

しかしだからこそ、生徒会長と副会長の座は特別だったのだ。派閥争いに勝利しその座に就くということが、即ちその世代の支配者となることと同義だったから。そして、そんな支配者たちが集まった組織こそが今の来光会。彼らは誇張なしに、日本を動かす力を持っている。彼らの人脈を以《もっ》てすれば、およそ日本国内で出来ないことはないと言っていい。だからこそ……彼らの目から見て、今の世代の選挙戦は、腑《ふぬ》抜け切っているとしか思えなかった。

ＳＮＳの発展、コンプライアンスの強化。そういった時代の波に押されて、それまでまかり通っていた壮絶な選挙戦は鳴りを潜め……討論会や生徒会役員あいさつなどの、情け容赦ない足切り制度はそのままに、しかしその実態は生徒間の人気投票に等しい状態になってしまった。そんな選挙戦で選ばれた今の時代の生徒会長と副会長を、彼らは尊重していない。それどころか、内心では同じ来光会の一員とすら認めていなかった。

「しかし、今年は少し面白い生徒がいるようですよ？　なんでも、当選した暁には対立候補も生徒会に取り込むつもりだとか」

少しばかり気まずくなった空気を払拭すべく、一人の男性が上げた声に、厳清《げんせい》がピクッと眉を動かす。しかし、特にそれに気付いた様子もなく、他の男性が興味深そうにそれに応じた。

「ほう、対立候補も一緒に？　ふむ、なかなか面白い……その生徒は、選挙戦の本質が分かっているようだ」

彼らの言う選挙戦の本質とは、つまり人脈作りだ。将来的に役に立つ人脈を作り、派閥を形成し、当選した暁には派閥の人間に役員の地位を与える。そうやって学園の生徒を、同じ世代の人間を支配する。それが彼らにとっての選挙戦だった。

「そうなりますと、来期の選挙戦には少し期待が出来そうですね……こんな騒動を起こす、骨のある生徒もいるようですし」

「ふふふっ、今のところ、その誰かさんの思惑通りに進んでいるようですけれど……さて、どうなるでしょうね？」

数十年前ならいざ知らず、今の時代にこれだけの騒動を起こしてただで済むはずがない。だが、簡単にただで済ませる方法がひとつだけあった。

それが分かっているからこそ、彼らは待つ。次に生徒会室の扉が開く、その瞬間を。

◇

「お……」

「あら」

生徒会室前の廊下に出たところで、ちょうど反対側から姿を現した有希と綾乃を見て、政近は一瞬足を止める。が、二人がそのまま近付いてきたので、政近も無言で歩みを進めた。

生徒会室の前で、相対する対立候補。

「……」

政近と有希は数秒無言で視線を交わした後、ほぼ同時に生徒会室の扉、その両脇に立つボディーガードらしき二人の男に目を向ける。

「失礼、自分は生徒会庶務の久世《くぜ》政近です。剣崎会長の指示で、来光会の皆様のご様子を伺いに参りました」

「同じく、生徒会広報の周防有希です」

「生徒会庶務の、君嶋《きみしま》綾乃です」

三人共に名乗りを上げ、学生証を見せると、代表して政近が問い掛けた。

「自分達以前に、誰かこちらに来てはいませんか？　ボディーガードの方々がいらっしゃれば安全とは思いますが、来光会の皆様の居場所をよからぬ輩《やから》に知られていてはいけませんので」

政近の問いに、二人のボディーガードは一瞬視線を交わしてから短く答える。

「いえ、誰も来ておりません」

「……そうですか。ありがとうございます」

その言葉に、政近と有希は内心安堵した。間に合った、と。

「さて、どうしますか？　政近君」

「……」

生徒会室から少し離れたところで、有希は政近に問い掛ける。そして、兄の目を見て、小さく苦笑をこぼした。

「それでは、それぞれ来た方を見張りますか。どちらに来ても、恨みっこなしということで」

「ああ」

小さく頷くと、政近はくるりと踵《きびす》を返す。有希もまた踵を返すと、綾乃と共に来た道を引き返した。その気配を背中で感じながら、政近は廊下の曲がり角を曲がったところで壁に背を預ける。

そうして待つこと数分。廊下の向こうに現れた人影に、政近は廊下の真ん中に立つと、微《かす》かに笑みを浮かべてその相手を出迎えた。

「よう、桐生院《きりゅういん》。こんなとこに何の用だ？」

「……やあ久世。キミこそ、こんなところで何をしてるのかな？」

政近の笑っていない笑みに……雄翔《ゆうしょう》もまた、うっすらとした冷笑で答えるのだった。

◇

「……貴方《あなた》、でしたか」

一方、政近と反対方向に向かった有希の前にもまた、一人の男子生徒が現れていた。

階段の前で待ち構える有希を踊り場から見上げ、その生徒は眼鏡の奥で少し目を細める。

その目を見つめ、有希は淡々と言った。

「残念ですよ、会長」

その呼び掛けに、男子生徒は小さく苦笑する。

「もう、会長ではありませんよ……周防さん」

「そうでしたね……加地風紀委員長」

征嶺学園中等部、第六十七代生徒会長と第六十八代生徒会長が、階段を挟んで向かい合った。

第8話　折れないなら折るしかないよね

加地泰貴《かじたいき》。大手家電メーカーの社長令息であり、三年前の中等部生徒会において生徒会長を務めていた生徒だ。沙也加《さやか》と乃々亜《ののあ》、雄翔《ゆうしょう》と菫《すみれ》、そして有希《ゆき》と政近《まさちか》にとっては、かつて会長と仰ぎ共に生徒会を運営した仲であった。選挙戦で統也《とうや》に敗北していなければ、有希は今頃、彼をもう一度〝会長〟と呼んでいただろう。

「警備にわざと穴を作って、侵入者を招き入れたのは貴方ですね？　加地先輩」

　有希の問い掛けに、泰貴は無言で視線を伏せる。それだけで、有希にとっては十分だった。

「なぜ、こんなことを？」

「……なぜ、ですか。周防《すおう》さんにも、理由は察しがついているんじゃないですか？」

　泰貴の逆質問に、有希は表情を変えずに答える。

「霧香《きりか》先輩ですか」

「……ええ、そうですよ……彼女を、霧香を取り戻すために、僕は……なんとしても、来光会に入らないといけないんです！」

荒ぶる感情に任せ、少し音程の狂った声で泰貴は叫ぶ。

浅間《あさま》霧香は、選挙戦における泰貴のパートナーであった。二人の関係はそれだけではなく、泰貴と霧香は今の時代には珍しい許嫁《いいなずけ》同士でもあった。親同士がビジネスのために結んだ婚約ではあったが、二人の仲は悪くなく、特に泰貴は霧香にべた惚《ぼ》れであった。だが、泰貴が選挙戦で統也に敗北し……来光会入りの目が消えたことで、二人の婚約は浅間家の申し出で解消されてしまったのだ。

「庶民なんかに負ける婿はいらないと……見限られたんですよ！　僕は！　このままでは、霧香は他の有力な家に嫁がされる……それを阻止するためには、今からでもなんとかして来光会に目を掛けてもらう必要があるんです！」

抑制を欠いた、情緒不安定な声。眼鏡の奥で収縮した瞳孔。有希の知る、かつての泰貴とはかけ離れた姿だった。

「そうだ……最初からおかしかったんだ。惚れた女と付き合うために生徒会長を目指す？　ふざけるな、僕が一体どれだけ霧香のことを……なのに、みんなみんなあんな庶民なんかに投票して……間違ってる。絶対間違ってる……絶対、僕の方が相応《ふさわ》しいのに……」

爪を噛《か》みながらぶつぶつと呟き続ける泰貴に、有希は少し憐《あわ》れむような目をしてから、静かに問う。

「誰に、何を吹き込まれたんです？」

有希の問いに、泰貴はピタリと動きを止めると、ゆっくりと視線を上げた。その目を真っ直ぐ見返しながら、有希は真摯に言葉を紡ぐ。

「わたくしの知る貴方は、そんな傲慢で自己中心的な考えをする人ではありませんでした。もう一度お訊きします。誰に、何を吹き込まれたのですか？」

尊敬する先輩を信じようとする後輩の視線に……しかし泰貴は、暗い笑みを浮かべて鼻を鳴らした。

「あなたが、僕の何を知ってるって言うんです？」

知った風な口を利くなと、有希を突き放す泰貴。それに対し、有希はスッと目を細めて言った。

「うぜぇ」

「……は？」

淑女の鑑《かがみ》と称される、周防家のご令嬢。その口から放たれた聞き間違いとしか思えない暴言に、泰貴はポカンと口を開ける。が、もちろんそれは聞き間違いではない。

「なぁ～にが『僕の何を知ってるって言うんです？』だ。知らね～よ！　そこまでお前に興味ねぇし！　自分の実力不足で負けたくせに、婚約解消されたくらいで闇堕《お》ちしてんじゃねぇぞボケ！　世の冤罪《えんざい》吹っ掛けられて婚約破棄突きつけられた挙句に国外追放された悪役令嬢たちに謝れ！」

「!!??」

泰貴、ここ数年で一番のパニック。淑女の仮面を脱ぎ捨てた有希の罵詈雑言《ばりぞうごん》と意味不明な謝罪要求に、ちょっと脳の処理が追い付かなくなっていた。しかし有希さん、そんなことは一切気にせずフルスロットル。

「いいか？　男が闇堕ちしていいのは、既にヒロインとイイ感じになってる場合だけなんだよ！　その闇に寄り添ってくれるヒロインがいて初めて、闇堕ちってのは恋愛関係を進展させるイベントになり得るんだよ！　独り身状態での闇堕ちとか恋愛においてクソほども価値がない一人相撲なんで遠慮してくださ〜い。というか、今のままだったら元カノに執着するストーカー男になる未来しか見えないし？」

「なっ、ぼ、僕はストーカーになんかなりませんよ!?」

「だったら正面からぶつかれやぁ！　親に無理矢理《むりやり》引き離されるとか、選択次第で最っ高にアガるシチュだろうが！　そういう時にこそ男気が試されるんだろうが！　間違った方向に情熱向けてんじゃゃねぇぇぇ!!」

　有希渾身《こんしん》の叫びに、泰貴さんちょっと真っ白になる。真っ白になって、なって……戻ってきた時には、情緒不安定な様子はすっかり消《き》え失《う》せていた。ついでにすっかり意気消沈してしまった様子で、力なく有希に問う。

「僕は……どうすれば？」

　その問いに、有希はズビシッと泰貴の背後を指差した。

「まず！　霧香先輩んとこ行って土下座しろ。自分がやったことを全部自白して、その上で『そんなことをしてでも君を諦めたくなかったんだ』と言え。ほら、さっき霧香先輩を校舎裏に呼び出しといたから」

そう言って有希がピッと親指を横に向けると、実はずっとそこにいた綾乃《あやの》がスッと前に出て来て、有希のスマホを掲げる。素でその存在に気付いていなかった泰貴は、突如出現したように見える綾乃にビクッと肩を跳ねさせた。そして、どこか憑《つ》き物が落ちた様子で小さく笑う。

「ははっ、そうですね……もっと、ちゃんと話し合うべきだったのかな……」

そう独《ひと》り言《ご》つと、泰貴は有希のよく知る冷静な表情で、スッと頭を下げた。

「ありがとうございます、周防さん。改めて、霧香と話し合ってみます」

「おう。あっ、正直お察しなんでもう訊いちゃうけど、黒幕は桐生院《きりゅういん》雄翔ってことでいいの？」

「ああ、ええ……彼の狙いは、秋嶺祭をめちゃくちゃにして、現生徒会の権威を失墜させること。ついでにそのトラブルを菫さんに解決させて、自分達の地位を向上させるつもりだったみたいです。なんだか、不良グループやこの学園の関係者に恨みを持つ人間や、果ては雑誌記者やら迷惑系動画配信者やら……とにかくトラブルを起こしそうな人間を片っ端から引き込んでいたみたいですけど、詳しいことは知りません。結局、彼にとっては僕も捨て駒のひとつだったんでしょうしね……」

「なるほど、ならもうこの騒動は終わりですかね。黒幕気取りの王子（笑）のことは、政近君が片付けてくれるでしょうし」

サラッと雄翔をディスる有希に、泰貴は苦笑する。

「信頼してるんですね、久世《くぜ》君のことを」

「当然。政近君は最強ですから」

腰に手を当てむんっと胸を張る有希。それを見て泰貴はますます苦笑を深めると、自嘲気味に首を左右に振った。

「ああ、そうなんですか……ハハハ、僕はてっきり、二人は何か仲違《なかたが》いをしたのかと……まったく本当に、知った気になってただけで、知らないことだらけだ」

そう呟いて有希の方をチラッと見上げると、泰貴はそのまま階段を下りて行った。その足音が遠ざかり、やがて聞こえなくなってから、有希はふっと肩の力を抜く。

「はぁ～～初恋拗《こじ》らせた先輩とかマ～ジめんどい。まあ、これで加地先輩に貸しを作れたと思えば悪くないけどさ～」

「はい、元中等部生徒会長であり、現風紀委員長の加地先輩の助力を得られれば、選挙戦にも有利に働くかと思われます。それにしても、お見事な説得でした。わたくし、思わず感服いたしました」

「あぁ～まあ説得というか論破というか……ま、根が善人なおかげで助かったよね」

K《敬》・I《愛》の目を向けてくる綾乃にひらひらと手を振りながらそう言ってから、有希は兄が向かった方へと視線を送った。

「向こうは、そう簡単にはいかないだろうからね……」

◇

その向こうでは、政近と雄翔の間で、笑顔の裏で刃物を突き付け合うようなやりとりが行われていた。

「この先にはVIPが来てるんだ。会長と副会長以外の生徒は、接近禁止だぜ？」

「それは君もだろう？　生徒会役員だからって、例外はないはずだからね」

「ああ、そうだな。だからここは、俺と一緒に回れ右して帰らないか？」

互いに上っ面だけの薄ら笑いを浮かべながら、薄っぺらい言葉を交わす政近と雄翔。互いに相手の真意には気付いていながらも、ここまで様式美のように探りを入れ合っていた二人だったが……

「残念ながら、それは出来ないかな」

雄翔が断固とした拒否を示したことで、政近もまた笑みを取り繕うことをやめた。真顔になると、顎を上げて雄翔に小馬鹿にした目を向ける。

「へぇ、もう隠す気もないってことだ」

「なんのことかな？」

「どんだけ好き勝手やろうが、あそこのお偉いさん達が『許す』と言えば不問になると思ってんだろ？　浅はかだな。仮に来光会が今回の暴挙を許そうとも、学園がそれに従うと思ってるのか？」

政近の挑発に、しかし雄翔は笑みを崩さない。

「何を言ってるのか分からないけど……浅はかなのは君の方だよ。この学園が、来光会の意向に逆らえると思っているのかい？」

「今回の一件は完全に警察沙汰だ。きちんと問題にしなければ、世間が許さないさ」

「それはどうかな？　この学園は一種の治外法権だからね……それに、仮に問題になったとして、その責任を取るのは秋嶺祭を主催した現生徒会と、前会長副会長じゃないかい？」

「ああ、それとこんな騒動を起こした犯人も、だな」

「そうだね。見付かるといいね？　犯人」

白々しく笑う雄翔に、政近は内心舌打ちをする。録音を警戒して、言質を取られないようにしているのだろう。この余裕っぷりを見るに、自分に繋《つな》がる証拠は一切残していないに違いない。実際政近も、今回の騒動を雄翔が起こしたという証拠は摑めていなかった。

（ま、仮に証拠が出て来たところで……来光会なら握り潰せるんだろうな。実際、選挙戦に勝つためっていう大義名分があればなんでも許しそうだし）

そして、幼少期に祖父巌清《げんせい》から何度も聞かされた選挙戦の話を思い出すに、恐らく来光会は許す。それが分かっているからこそ、雄翔も直々に許しを得ようとしているのだろう。

「なぜこんなことを……だなんて、愚問か。普通に人気投票やったら勝てそうにないから、搦手《からめて》で現生徒会の権威を失墜させる……お前の考えそうなことだもんな」

「だから、何を言ってるのか分からないよ」

あくまで白を切りながらも、雄翔はそこで少し笑みの種類を変えた。

「ただ、そうだね……あくまで、一般論を語らせてもらうなら。揺手でもなんでも、打てる手は全部使うのが選挙ってものじゃないかい？　まさか、世の中の権力闘争が全部、平和的でクリーンな方法で行われているとでも？」

野心を剝《む》き出しにした笑みで、雄翔は嘲弄する。

「金も、権力も、暴力も……大人が使うものなら全部使って勝ちに行く。そうするだけの力と意志、そして覚悟を持っている人間こそが、来光会に相応しい。それが出来ない甘ったれた人間なんて、来光会に入るべきじゃないんだよ」

「ご立派な意見だな。続きは生徒会室に辿《たど》り着いてから、来光会のお偉いさん相手にやりな」

「そうだね。というわけで……通してもらうよ？」

再び余裕に満ちた笑みを浮かべながら、雄翔は制服の内ポケットから何かを取り出す。

雄翔の右手に握られた、テレビでしか見たことのないそれに、政近は片眉を上げた。

「おいおい、学園にスタンガンって……大企業のお坊ちゃんってのは、そこまで護身に気を配らないといけないのか？」

「普段は持ち歩いてないさ。ただ、今日は外部の人間が大勢来ることになっていたからね……念のため、だよ。実際、こんなことになってしまっただろう？」

「まったくだ。すごい偶然だな」

淡々と言って肩を竦《すく》める政近に、雄翔はスッと目を細める。そして、スタンガンを前に突き出しつつ、笑みを消した平坦《へいたん》な声で告げた。

「通してくれないかな？　さっきも言ったけど、ボクはいざという時には暴力を使うことに躊躇《ためら》いはないよ？」

「それはよかった。俺も躊躇うつもりはなかったからな」

飄々《ひょうひょう》とそう言い切ってから、政近もまた雰囲気を変える。鋭い視線で雄翔の目を射貫《いぬ》き、しかしあくまで口調は平静に、ゆっくりと問い掛けた。

「生徒会のみんなが、一生懸命作り上げた学園祭を……」

人手が足りないと悲鳴を上げながら、今回ばかりは対立候補とか関係なく、生徒会一丸となって頑張った、あの日々を。

「毅《たけし》と光瑠《ひかる》が、傷付きながらもなんとか成功させようとしたライブを……」

バンド崩壊という事件に傷付きながら、それでも前を向こうと楽器を手に取った、大切な二人の親友を。

「アーリャが……自分の弱さと向き合って絞り出した勇気を……」

あの、誰にも弱みを見せたがらないアリサが。ステージ裏で、政近にだけ見せた弱さを。

「全部台無しにしようとしたお前を……俺が、ただで済ませると思ってるのか？」

政近の静かな、されど内に滾《たぎ》る憤怒をまざまざと感じさせる問い掛けに、雄翔は唾を呑《の》み込んだ。スタンガンを握る手にじんわりと汗がにじむのを感じながら、左足を一歩引いて半身に構える。

五メートルほどの距離を置いて向かい合う二人の間で、急速に緊張感が高まり――

「ところでお前、おっぱいはおっきいのとデッカイの、どっちが好きだ？」

「……は？」

場を弁《わきま》えないにも程がある、突拍子もない質問。それに、雄翔が思わず呆《ほう》けた瞬間。その意識の間隙を突いて、政近は動き出した。

政近は幼少期には空手を習い、中等部では授業で剣道を、高等部では柔道を習っている。空手に関しては黒帯を、剣道と柔道に関しても持ち前の成長速度で、三段に届く程度の技量は持っていた。が、それはそれとして、この時政近が使ったのは――〝みんな大好き縮地〟だった。師匠は二次元、教本は漫画であった。

「!?」

右手首を摑まれたところでようやく政近の接近に気付き、雄翔は目を見張る。が、次の瞬間には手首に鋭い痛みが走ると同時に胸倉を摑まれ、足を払われていた。

視界が激しく回転し、背中にドンッと衝撃が走る。呼吸が止まり、一瞬視界が飛んだと思ったら、既にうつ伏せにひっくり返され、右腕を背中側にねじり上げられていた。

「ぐっ、あぁっ！」

左肩を膝で押さえられ、右腕をねじり上げられているせいで全く起き上がれない。なんとか首をひねって睨《にら》み上げてくる雄翔に、政近はその手からスタンガンを取り上げながら淡々と語り掛ける。

「金も、権力も、暴力も……全部使って勝ちに行く、だったか？　で？　暴力ありっていうのはつまりこういうことだが、こっからどうするつもりなのかな？」

雄翔の目を冷たい目で見返すと、雄翔は痛みに眉を寄せながらも不敵に笑ってみせた。

「キミの方こそ、ここからどうするつもりなのかな？　このボクに怪我《けが》を負わせて、ただで済むとでも？　それ以前に、この状況を誰かに見られたらどう──」

「やってみたらどうだ？　誰かに見つかるよりも、俺が折る方が早いと思うけどな。言ったろ？　暴力を躊躇うつもりはないって」

そう言うと、政近はおもむろに雄翔の右手の人差し指を掴んで、関節と逆方向に力を込めた。

「痛《い》ッッ」

雄翔が小さく呻《うめ》くのを聞くでもなく聞きながら、政近は感情を込めずに語る。

「全部自分がやったんだとお前が認めるまで、指を一本ずつ折っていく。右手の次は左手だ。二度と満足にピアノを弾けなくなるだろうな。ああ安心しろ、認めた時点で来光会の前に連れてってやるよ。搦手使った上でボロクソに負けた、無様な負け犬としてな」

そう言ってギリッと雄翔の人差し指に力を込めると、そこで初めて雄翔の顔から完全に余裕が消えた。

「や、やめろ！　そんなことして、不問にされると思うのか⁉」

「されるんじゃないかなぁ？　選挙戦ではなんでもありって、さっきお前も認めたじゃないか。ま、仮に不問にされなくても、俺は全然構わんし」

「な、なに？」

疑問を口にする雄翔の目を覗《のぞ》き込みながら、政近は酷薄な笑みを浮かべる。

「俺とお前が一緒に脱落すれば、あとは有希とアーリャを組ませるだけで選挙戦は当確だ。アーリャは生徒会長になれてハッピー。有希も来光会に入れてハッピー。俺はアーリャを生徒会長に出来て、有希も裏切らずに済んで超ハッピー。いやぁ最高のハッピーエンドだな」

「ん、なっ……！　お前、まさか、最初っからそのつもりで──」

目を見開く雄翔に無言の笑みで答え、政近は左脚を完全に雄翔の背中に乗せると、大声を封じるように肺を圧迫する。

「というわけで、お前と違って俺には失うものがないんでな。それじゃ、認めるなら早い内に認めろよ〜？」

「っ、やめっ、やめろぉおおお」

必死に声を振り絞り、足掻《あが》く雄翔に構わず、政近は手に力を込め──

「……とまあ、暴力で決着をつけてもいいんだが、俺はお前と違って出来るだけルールを守る人間なんでな……選択肢をやるよ」

「なっ、に……？」

荒く息を吐く雄翔を見下ろし、政近は告げる。

「選べ。このまま骨を折られるか、同じ候補者同士、ルールに則《のっと》って討論会で決着をつけるか」

「討論、会……？」

「俺が勝ったら、今回の騒動に関してお前がやったことを、全校生徒の前で白状しろ。逆にお前が勝ったら、お前への疑いは一切追及しないでおいてやるよ」

政近が口にした一方的な条件に、雄翔は皮肉っぽく口の端を吊《つ》り上げた。

「なんだい、その不公平な取り引きは。お互いの賭けるものが釣り合ってな――」

「そうか、じゃあ話はここまでだな」

「なっ、やめっ、だ、大体！　勝負したとして、そんな口約束をどうやって履行させる⁉」

「それなら簡単だ。菫先輩に立ち会ってもらえばいい」

「っ！　それ、は……」

政近の言葉に、雄翔は露骨に動揺した。その反応を見て、政近は菫が雄翔の企《たくら》みを何も知らないのだと確信する。同時に、そこが雄翔の弱点なのだと再認識し、一気に詰めに掛かった。

「安心しろよ。決着がつくまで、なぜ勝負するのかは菫先輩には伏せてやる。逆を言えば、お前がやったことを菫先輩に秘密にしたいなら、俺に勝つしかないわけだが……まあ、こんな条件にする以上、対決内容くらいはお前に有利なものにしてやるよ」

「……どういうことだ？」

眉間にしわを寄せる雄翔にぐっと顔を近付け、政近は嘲笑と共に囁《ささや》く。

「お前が一番得意な、ピアノで勝負してやるって言ってんだよ。準優勝ちゃん？」

その瞬間、雄翔の目がグワッと見開かれ、歪《ゆが》んだ唇の間から歯が剝き出された。

「やはり……！　周防……！」

向けられた対抗心剝き出しの視線は、政近にとっても覚えがあるものだった。昔、コンクールや発表会の度に同じ視線を送ってきた少年の面影を思い出し、政近は傲慢に嗤《わら》う。

「ああ、やっぱりあの時のあいつか。悪いな、昔は全っ然眼中になかったもんで、乃々亜に言われるまで気付かなかった」

「おま、え……っ‼」

「さてどうする？　言っとくが、俺はもう五年以上ピアノには触ってない。この上なくお前に有利な勝負だな。ま、それでも準優勝ちゃんになんか負ける気がしないけど」

政近の分かりやすい挑発に、しかし雄翔は冷静さを取り繕うことすら出来ない様子で語気を荒らげた。

「舐《な》めるなよ……やってやる……！　今度こそ、お前に勝つ……！」

◇

「戻ってこねぇな、政近」

　校庭のステージ裏にて、毅が少し心配そうな顔で校舎の方を見上げる。

　爆竹騒動が終わってから約四十分後。アリサの呼びかけと運営スタッフの奮闘もあり、落ち着きを取り戻した校庭では、ステージ企画が再開していた。それと同時に校内放送でも、侵入した不審者の確保が完了したことと、閉会時間を三十分延期することが伝えられ、後顧の憂いはなくなった……はずなのだが、なぜか政近が姿を現さない。

「まあ、不審者が全員確保できたとしても、後始末とかがあるだろうし……まだ忙しいんじゃないの？」

　光瑠が口にした予想に、アリサは少し表情を曇らせる。政近に言われた通り、観客を落ち着かせることには尽力した。爆竹騒動の後始末にも手を貸した。だが、言ってしまえばそれだけだ。

　生徒会役員として、政近のパートナーとして、もっとやるべきことがあるのではないのか。自分は本当に、こんなところにじっとしていていいのか。焦りとも歯がゆさともつかない想いに煩悶《はんもん》するアリサに、沙也加が眼鏡を押し上げながら言った。

「落ち着きがないですね。リーダーならば、もっとどっしりと構えてください」

「それ。もっと落ち着きなってアリッサ」

「……乃々亜、あなたは落ち着き過ぎでしょう」

ライブ衣装で自撮りをしまくっている乃々亜に、沙也加はツッコミを入れる。そんな二人のいつも通りの様子に、毅と光瑠も表情を緩めた。

「そうだな、心配しても仕方ない。つーか、心配するだけ無駄な気がするしな！　政近の場合！」

「ハハッ、そうだね……アーリャさん、政近を信じよう？　僕らがすべきは、僕らに出来る最高のライブをすること。そうすることが、僕らが不審者なんかに屈しなかったっていう証明になるし、僕らは……〝Ｆｏｒｔｉｔｕｄｅ〟なんだから」

光瑠の言葉に、アリサの脳裏に政近の言葉が蘇《よみがえ》る。

『俺を信じて、待っててくれ。必ず、ライブは決行させる』

政近は、その約束を守ってくれた。ならば、アリサがすべきことは……決まっている。

アリサは一度瞑目《めいもく》してから再び目を開けると、バンドメンバー一人ひとりと目を合わせた。迷いの消えたアリサの瞳を、四人もそれぞれに見返す。

「みんな、ありがとう」

アリサがそう言ったタイミングで、ポケットの中でアリサのスマホが震えた。何かの予感に衝《つ》き動かされ、とっさに画面を確認すると、そこには政近からの短いメッセージが。

『頑張れ』

その一言。その一言だけで、アリサの胸は熱くなる。

【あなたも、ありがとう】

そう囁いて、スマホを口元に当てると、アリサはニッと力強い笑みを浮かべた。

「それじゃあ初ライブ、最高のステージにしましょう！　えいえい、お～！」

「お、おぉ～！」

「おお～？」

「……お～」

「おー」

「合わせてよっ！」

アリサがツッコみ、四人が笑う。釣られてアリサも笑って、遂《つい》に出番が来た。

『それでは〝Ｆｏｒｔｉｔｕｄｅ〟の皆さん！　お願いします！』

スタッフの声に、改めて全員で頷き合い。五人は、ステージの上に飛び出した。

第9話　約束は守るよ

（向こうは盛り上がってるかな……今頃）

講堂の舞台袖にて、政近《まさちか》は校庭のステージで行われているであろうアリサたちのライブに想いを馳《は》せる。

「まったく……こんな無茶はほどほどにしてくれよ？　久世《くぜ》」

「本当ですわ。わたくし、この後劇がありますのよ？　ただでさえ不逞《ふてい》の輩共のせいで、リハの時間が取れませんでしたのに……」

「すみません、お二人共」

疲れた表情の舞台進行と、不満そうな菫に声を掛けられ、政近は素直に頭を下げる。かなり無茶なお願いをした自覚はあるので、政近もこれに関しては謝るしかない。

元々、校庭と体育館のステージ企画は騒ぎが起きたため一時中断していたが、講堂は幸い騒ぎが起きなかったので、教員と警備員の見張りを強化してスケジュール通り続行していた。しかしその後、学園祭の終了時間が三十分延期されたせいで、講堂のステージ企画のみ三十分時間が余ってしまうことになったのだ。そこへ、政近が雄翔《ゆうしょう》との討論会をねじ込んだのである。

本当は、最後の三十分に討論会を入れられれば調整が楽だったのだろう。だが、その時間は体育館で女子剣道部の剣劇が行われる予定だったので避けざるを得ず、結果としてスケジュール調整がかなり無茶になってしまった。それでもなんとか実現できたのは、政近が講堂のステージ企画の進行の一人として、他の運営スタッフと信頼関係を築いていたからこそだろう。

「まあ、うちの雄翔さんが関わっているとなれば、仕方ありませんけども……ピアノ勝負とはどういうことですの？　ディベート以外の討論会、前例がないわけではありませんが……それもペアではなく、生徒会長候補と副会長候補の対決というのは……」

憮然《ぶぜん》とした表情で奥の方に立っている雄翔を見て、菫は片眉を吊り上げる。そして腰の模造刀に右手を添えながらそちらへ数歩近付くと、それでもなおそっぽを向いている雄翔を見て、パチンと鯉口《こいぐち》を鳴らした。

「雄翔さん……いつから、わたくしを無視するようになったんですの？」

「……集中してるんだよ。放っておいてくれよ菫姉さん」

つっけんどんな態度を取る雄翔に、菫は眉をひそめ……軽く溜息《ためいき》を吐くと、政近の方を向いて尋ねる。

「それで？　仮にも討論会である以上、賭《か》け代《しろ》があるはずですけれど。何を賭けるんですの？」

討論会とは本来、論戦で以《もっ》て自らの意見を通すもの。対決内容が変われど、勝者が何らかの要求を通すというのは大前提だ。しかし、今回に関してはその質問に答えることは出来なかった。

「すみません菫先輩。決着がつくまでは、何を賭けているかはお教え出来ないんです」

「ふぅん？　……しかし、そうなりますと賭けの履行はどういたしますの？　討論会では、互いの要求を勝負前に公にして、観客全員に証人となってもらうのが慣例でしょう？」

「今回は、賭け代に関して公にはしません。こちらに、俺と桐生院《きりゅういん》それぞれが勝った場合の、相手への要求が書いてあります。勝った方の封筒を開いて、菫先輩にその履行を見届けていただければと」

もっとも、雄翔が勝った場合の封筒は空なのだが。政近が差し出した二枚の封筒を受け取り、菫は眉を上げる。

「……まあ、よろしいですわ。それで？　わたくしが司会をやればいいんですの？」

「いえ、エキシビションマッチという形ではありますが、一応討論会なので……そこは生徒会役員にお願いしています」

政近がそう言ったところで、ちょうど舞台袖の奥にある、外部へと繋《つな》がる扉が開いた。

「失礼しま〜す」

小声で言いながら入って来たのは、政近が呼んだ討論会の司会、マリヤだった。

「急にすみません、マーシャさん」

「ん～ん、ぜ～んぜん。もうだいぶ落ち着いてきたから、大丈夫よ～？」

政近を見るや否《いな》や、ぽへっとした笑顔で首を左右に振るマリヤ。なんとも緊張感を削《そ》がれる笑顔に、政近は少し苦笑してしまう。

「そう言ってもらえると……では、時間もないので、早速説明を始めさせてもらいますね？」

「は～い」

マリヤが頷き、政近がマリヤにやってもらうことを説明しようとしたところで……何やら顔を伏せていた菫が、バッと顔を上げて言った。

「ずるいですわ！　わたくしも、せっかくなら目立ちたいですわ！」

「……はい？」

いっそ気持ちがいいほどストレートな要求に、政近は頬《ほお》を引《ひ》き攣《つ》らせて振り向く。そして、ぷんすこと不満そうな顔をする菫を見て、なんだか気が抜けてしまった。

「……じゃあ、二人にお願い出来ますか？」

「ええ、よろしくってよ！」

「いいわよ～？」

満足そうに胸を張る菫と、ふわふわとした笑みで答えるマリヤ。それぞれ、別方向に気勢が削がれる先輩に苦笑を深めつつ、政近は説明を行った。

◇

「綾乃《あやの》さん、本当に有希《ゆき》さんの傍にいなくてもいいのですか？　何かトラブルがあったようですが……」

隣の席に座る綾乃に小声でそう問い掛けるのは、政近と有希の母である、周防優美《すおうゆみ》。娘の出し物だけ見て帰ろうと思っていた優美は、校門まで迎えに来た綾乃になぜか講堂へと案内されて困惑していた。

「問題ありません、奥様。多少トラブルがありましたが、生徒会の皆様の奮闘もあってほぼ解決しております。ただ、有希様はまだ少し手が離せませんので、しばらくこちらでお待ちいただければと」

「そう……でも、どうして講堂なのかしら？　時間があるのなら、その……」

視線を彷徨《さまよ》わせ、優美は口ごもる。優美の言おうとしたことを、綾乃は察していた。だが、察した上で……否、察したからこそ、綾乃は言う。

「奥様をこちらへご案内すべきと、わたくしが判断いたしました」

「？　それは、どういう……？」

優美が疑問を口にしたところで吹奏楽部の演奏が終わり、優美と綾乃は拍手をした。すると、生徒達が楽器を持って退場していくのと入れ替わるように、二人の見目麗しい女生徒がステージ上に現れる。

「あれ？　九条《くじょう》先輩と桐生院先輩？」

「生徒会書記と副風紀委員長がなんで？」

「えっ、次の演目は文芸部の朗読劇じゃなかったっけ？」

優美には分からなかったが、周囲の生徒は二人の登場に驚きと困惑の声を上げていた。何か起きたのかと不安そうにする者、席を立とうとして座り直す者、何かを察知してスマホで友人に連絡する者。不安と期待の入り混じった観客の視線を受け、マリヤが口を開く。

「会場にお越しの皆様。ステージ企画を楽しんでいただけておりますでしょうか？　まず自己紹介から始めさせていただきますが、わたしは生徒会書記の九条マリヤと申します。この度は我々学祭実行委員会の不手際により、皆様には大変なご迷惑とご心配をお掛けしました。学祭実行委員会の一員として、そして生徒会の一員として、この場を借りて謝罪させていただきます。申し訳ございませんでした」

普段のふわふわとした雰囲気をおくびにも出さず、マリヤは真摯な態度で頭を下げる。そして、会場の雰囲気が暗くなり過ぎない内に頭を上げると、少し語調を明るいものに変えて続けた。

「そこで、そのお詫《わ》びも兼ねまして、突然ではありますがここでサプライズイベントを開催したいと思います」

マリヤがそこで隣に視線を向けると、菫がマイクを手に一歩前に出る。

「このサプライズイベントの見届け人、風紀委員会副委員長の桐生院菫ですわ。今回行われますのは、我らが征嶺学園《せいれいがくえん》の伝統。選挙戦の候補者同士の、プライドを懸けた直接対決」

その段階で、察しがついた生徒達がどよめき始める。驚きと期待が伝播《でんぱ》していく中、菫は力強く笑って宣言した。

「我々はここに、特別形式の討論会を開催いたしますわ！」

どよめきが爆発し、歓声へと変わる。現役生とOBOGは思ってもないサプライズに驚きと喜びを露《あら》わにし、理解が及んでいない周囲の外部客に興奮気味に説明し始める。だが、それも徐々に落ち着き、その場は「誰が何をお題に勝負するのか」「特別形式とはどういうことか」という興味に埋め尽くされた。

それに答えるべく、マリヤが説明を行う。

「今回は外部の方もいらっしゃいますので、ディベートではなく、別の形式で対決を行います。勝負するのは、こちらの二名です！」

マリヤが舞台袖に手を向けると、それを合図に二人の男子生徒がステージ上に姿を現す。

「生徒会庶務、久世政近くん」

「そしてピアノ部部長、桐生院雄翔ですわ」

マリヤと菫の紹介により、会場は再び熱狂に包まれた。

「きゃぁぁ――――！　王子ぃぃ――――!!」

「雄翔様ぁ――!!」

「えっ桐生院⁉　あいつ立候補するのか⁉」

「ここで桐生院⁉　マジかぁ‼」

「なるほど、それで菫先輩……」

聞こえてくる声の多くは、雄翔に向けられたものだったが。

「久世……一学期の討論会で谷山《たにやま》を破ったあいつか」

「陰の副会長……あれ、お姫様は出ないのか？」

「彼が一人で出てくるのは珍しいですね」

一部の冷静な者たちは、政近に興味深そうな視線を送っていた。

「久世政近くんは、同じく生徒会会計の九条アリサさんとのペア」

「そして桐生院雄翔は、このわたくしとのペアですわ」

「この二人が対決するのは……あちら！」

マリヤが手で示した先には、吹奏楽部が撤収した後もなぜか残されていたグランドピアノ。それが係員の手によってステージ中央へと運ばれる。

「そう、ピアノです。二人にはピアノを交互に演奏してもらい、会場の皆様にはどちらの演奏がよかったかを選んでいただきます」

その瞬間、会場の雰囲気は一気に戸惑いへと変わった。

「え、ピアノ……？　桐生院に圧倒的に有利じゃん」

「なにこれ。勝負になんの？」

「というか、久世？　あいつピアノ弾けるの？」

「さぁ……私、中学一年と三年の時同じクラスだったけど、特にそんな話は……？」

予想外の勝負内容に、やはりというべきか空気が盛り下がっていく。特に現役生のほとんどは、既に「あ、これただの余興か」と冷めた視線になってしまっていた。

そうなることは予想できていたので、マリヤと菫は早々に司会を打ち切って対決へと移る。

「それでは早速勝負に移りましょう」

「まずは、桐生院雄翔の演奏からですわ」

他の三人が舞台袖に引っ込み、雄翔が準備に入る。その間も、観客の間では戸惑いに満ちた会話が繰り広げられていた。

「え、マジでピアノで勝負すんの？」

「というか、これ勝った場合どうなんの？　その説明なかったよね？」

「あれ？　そう言えば……」

不審そうな囁き声が飛び交う中、優美は呆然《ぼうぜん》とステージ上を眺めながら呟《つぶや》く。

「あの子が……ピアノを？」

そして、半ば無意識に隣の綾乃へと視線を送る。その視線に込められた問いを正確に察し、綾乃は淡々と答えた。

「いえ、政近様はあの日を最後に、ピアノを弾かれたことはないはずです」

綾乃の言葉に、優美は表情を曇らせる。そちらをあえて見ずに、綾乃は静かに言った。

「ご覧になりたいかと、思いました」

「……」

無言の、十数秒間の葛藤。前を向いたままの綾乃にもまざまざと伝わる、濃密な葛藤があった。

「……」

その末に、優美は椅子に腰を落ち着け直す。それを気配で察しながら、綾乃は考えていた。

（それにしても……政近様は、今回どなたのために演奏をされるのでしょうか）

政近がピアノを弾くのは、いつだって誰かのためだった。その他大勢の観客にではなく、特定の誰かに捧《ささ》げる演奏。その誰かは優美であったり、有希であったり、時には綾乃であったりしたが……この場には有希もアリサもおらず、優美と綾乃がいることを政近は知らないはず。と、なれば……

（政近様……一体、どなたのために演奏されるのですか？）

綾乃の疑問を余所《よそ》に、周囲の生徒の間では的外れな憶測が広まっていた。

「あぁ……つまりこれは、あれじゃないですか？　学祭実行委員会が用意したエキシビションマッチみたいな」

「なるほど。言われてみれば、桐生院さんが立候補するなんて今まで聞いたことありませんでしたもんね」

「あ〜ね。周防さんと九条さんをいきなり対決させるのは難しかったから、急遽《きゅうきょ》ぶつけられる相手を見繕ったってことかな？」

「そもそも、会長候補と副会長候補が一対一で戦うっていうのも変だしね」

彼らの中で結論が出て、若干のガッカリ感が漂う中……その空気を吹き飛ばすように、雄翔の演奏が始まった。

◇

ライブは、五人が想定していた以上の盛り上がりを見せていた。

もしかしたら、アリサがずっとステージ上で騒動の鎮静化に当たっていたことで、注目度が高まっていたのかもしれない。ライブ開始時から観客席は満席で、立ち見客もかなりの数がいた。そしてコピー曲二曲の演奏を終えた今は、もはや満員といっても差し支えないほどの盛況ぶりだった。だが、その中に政近の姿はない。

（政近君……）

このライブを、晴れ舞台を。一番見て欲しい人が、いない。どれだけ捜してもいない。

それが、アリサの胸に一片の暗雲を生じさせる。だが……

「アーリャさん」

今の自分は、一人ではない。アリサの心境を察した上で、気遣ってくれる仲間がいる。

（大丈夫）

声を掛けてきた光瑠《ひかる》に視線で応え、アリサは観客を見渡した。そして、最高潮に向けて……姿の見えない政近にも届けと、声を張る。

「それでは、次が最後の曲です。聴いてください……〝夢幻《ファントム》〟」

◇

「素晴らしい！　先生、こんなに呑み込みが早い生徒は初めてです！」

「彼は間違いなく天才だよ。将来日本を代表するピアニストになることは間違いない」

やめろ。見え透いたお世辞を言うな。

「何度聴いても惚《ほ》れ惚れとする演奏ですわ……流石はピアノ王子」

「本当に……神童とは、雄翔さんのためにある言葉ですわ」

うるさい。薄っぺらい賛辞を並べるな。

何が天才だ。何が神童だ。本物を知らないからそんなことが言えるんだ。

お前達は知らないんだろう。寒気すら覚える旋律を。一音で会場を呑み込み、圧倒する才能を。知らないからそんなことが言える。想像すらしないんだろう。その軽々しい賛辞が、オレをどれだけ惨めにさせているか。

「あっ、あそこにいるのって、この前テレビで紹介されてた……」

「そうそう、この前のコンクールで金賞だった、桐生院雄翔くん……やっぱりかっこいいなぁ」

「あれ？　でも今回のトリってあいつじゃないんだよな？」

「そこはほら、顔がいいから……テレビってそういうもんだし？　ちなみに、トリをやるのは最優秀賞獲《と》った方な」

「な〜んだ、そうなのか。それじゃあ、雄翔《ゆうしょう》じゃなくって準優勝じゃん」

「ブフッ」

「プッ、ちょっ、聞こえるよ〜？」

ある発表会で、同年代の奴らに言われたその言葉。その言葉は、幼いオレの耳と脳に生々しく刻み込まれた。準優勝。名前負け。顔がいいから評価されてるだけ。

凄《すさ》まじい屈辱だった。肺が震え、食いしばった歯の隙間から荒々しい息が漏れるのがはっきり分かった。

（ふっざけるなよ……！　その二位よりも遥《はる》かに劣るクズの分際で！　オレを馬鹿にするな！）

今すぐそいつらの胸倉を摑《つか》み上げたい衝動に駆られたが、出来なかった。その言葉が事実であると、心の奥では自覚していたから。

いつだって、あいつに勝てない。オレはいつもいつも二番手だった。本物の天才。本物の神童。周防、政近。

「桐生院くん、準備をしてください」

係の人に呼ばれ、オレがステージに出れば、それだけで歓声と拍手が上がる。演奏を終えた後には、それは会場を埋め尽くすほどの大音声に変わっていた。だが……あいつが演奏を始めた瞬間、会場の雰囲気は一気に塗り替えられる。数秒前まで暢気《のんき》に騒ぎ立てていた観客が、今や声ひとつ上げない。子供の演奏会から、突如プロのオーケストラ会場にでも連れてこられたかのような緊張感が、その場を包んでいた。

「周防くん、素晴らしかったわ！」

「ありがとうございます」

だが……それだけの圧巻の演奏を披露しておいて、あいつは。舞台袖で出迎えた先生の賛辞にも、遅ればせながら拍手を始めた観客にも、畏怖の視線を送る他の演者にも、まるで興味がない様子で。そのどれもが眼中にないといった風情で、さっさと控室に戻ってしまった。悔しげに睨むオレにも、一瞥《いちべつ》すらくれることはなく。

目障りだった。周防政近という存在が、心底呪わしかった。あいつがいるせいで、どんな賛辞も虚《むな》しく聞こえる。

あいつを知る人間から向けられる賛辞はお世辞としか思えず、あいつを知らない人間から向けられる賛辞は無知な人間の妄言としか思えなかった。

その呪縛を振り払うためだけに、オレはがむしゃらに努力をした。毎日指先に血が滲《にじ》み、箸を持てなくなるまで鍵盤を叩《たた》いた。大好きだったはずのピアノを、何度も何度も嫌いになった。それでも、やめることは出来なくて。「あいつに勝つまでは」ただその一念だけで、オレはピアノを続けた。

なのに……あいつは、まるで「ピアノ自体に興味がなかった」と言わんばかりに、ある日突然姿を消した。オレに呪いを掛けたまま。どの発表会にも、コンクールにも、一切姿を現さない。茫然《ぼうぜん》自失となったオレの手元には、繰り上げで転がり込んできた賞状やトロフィー。

（なんだ、これ）

今まで欲しかったはずの一位の称号が、ゴミクズ同然に思えた。向けられる賛辞は、相変わらず虚しいまま。〝準優勝〟、その言葉だけが、いつまでも頭にへばりついて取れなかった。

（くだらない……）

こんなものが欲しくて、オレは努力してきたのか？　こんな、こんなくだらないもののために……なんで、本気になどなっていたのか。あいつは最初っから、もっと前から……

「それでは最後に、将来の夢をお聞きしたいと思います。やはり、プロのピアニストでしょうか？」

インタビュアーが差し出してきたマイクに、オレは笑顔を貼り付けて答えた。

「いえ、父の会社を立派に継ぐことです。ピアノは、ただの趣味なので」

ピアノなんかに本気になるのは馬鹿馬鹿しい。そうだろ？　周防。

◇

(その呪いも……今日解ける)

ピアノを前にして、雄翔は憤怒と歓喜という相反する感情が胸中で渦巻いているのを感じていた。

今でも脳裏にこびりつく、忌まわしい記憶と屈辱感への怒り。そして、長年自身を苦しませてきたそれを、今こそ晴らせるという暗い喜び。それらを抑え込もうと努めながらも、雄翔は口元に笑みが漏れてしまうのをどうしようもなかった。

この観衆の前で、あの周防政近を倒せる。自分の一位を証明して呪縛を解き……その時こそ、きちんと向き合えるようになるはずだ。かつて大好きだったピアノとも、周囲から向けられる賛辞とも。

そう思えば、他のことなんてどうでもいいと思えた。たくさんの手間と、時間と、金を掛けて、来光会へと繋《つな》がる準備を整えた。だが今となっては、それすらもどうでもいい。周防政近と、再びピアノで勝負が出来る。この場さえあれば、それだけでいい。

(一片の疑いも生まれないよう、完璧に勝つ)

そのために、あえて昔と同じ演奏順を希望した。先攻《トリ》を務めるあいつに、勝つために。

それも……あいつの一番の得意曲で。

その口元に笑みを湛《たた》えたまま、雄翔は鍵盤に指を置き……奏で始める。

ショパン『夜想曲《ノクターン》第2番　変ホ長調　作品9の2』

◇

会場内に響き渡る、美しく甘美な旋律。拍子抜け感を漂わせていた観衆たちの意識を引き込み、自《おの》ずと姿勢を正させる。

「ふわぁ～とっても、上手ねぇ」

堂に入った圧巻の演奏に、舞台袖のマリヤが感心し切った様子で囁《ささや》く。

「ですね」

それに、政近も小さな声で同意した。

「ですね、って……いいの？　これから戦う相手なのに」

マリヤの不審そうな目に、政近は小さく肩を竦《すく》めると、何気ない調子で答える。

「別に、最初から勝てるとは思ってませんから」

「え？」

政近とて、勝てないことくらいは分かっていた。

五年のブランクは大きい。曲は体が覚えているとしても、きっと思うように指が動いてくれないだろう。その間もずっとピアノに触れていた雄翔に勝てると思うほど、政近はピアノも雄翔も甘く見ていない。

（まあ、失笑されない程度に弾ければ上々か）

だが、問題はない。この勝負を雄翔が引き受けた時点で、政近は目的を達成しているのだから。

元より、政近の目的は雄翔と来光会の接触を防ぐことだった。雄翔が来光会を説得し、今回の騒動の真相を闇に葬ること、そして選挙戦のためならこれも〝あり〟だというお墨付きを与えること、この二点を妨害するのが目的だった。その目的を果たすために、一度暴力で屈服させ、挑発で冷静さを失わせ、この不公平な対決を承諾させたのだ。

そう、この対決は不公平だ。勝負内容こそ雄翔に圧倒的に有利だが、何しろ政近の場合は負けたところで大した痛痒《つうよう》もないのだから。

先程までの観客の反応を見れば分かる。この不公平で異質な勝負内容、賭け代の開示が行われないという異常、加えてマリヤと菫の説明を聞いて、彼らは「これは生徒会が不祥事のお詫《わ》びを込めて用意した、ただの余興に過ぎない」と判断したのだろう。

実際には賭けは存在するが、政近が負けた場合の代償は「雄翔の疑惑に関して何もしないこと」。何も行われない以上、観客の中では存在しないのと変わらない。正式な討論会ならいざ知らず、賭け代もない勝負内容も不公平な形ばかりの討論会に負けたところで、余興《よきょう》政近の名誉は大して傷付かない。もし後で雄翔に文句を言われても「え？　あれはただの余興だろ？　何も賭けてないし」とすっとぼけてやればいいのだ。来光会のお墨付きを得られなかった以上、賭け代について触れて困るのは、雄翔の方なのだから。

（まさか、ここまで俺の提案を丸呑《まるの》みするとは思わなかったが……そんなに、昔俺に勝てなかったことがトラウマなのか？　なんか、わざわざ俺が昔よく弾いてた曲ぶつけてきてるし……）

この曲は、政近が一番最初に弾けるようになったショパンの曲だった。母はショパンが好きだったので、曲の指定がされていない演奏会ではよく好んでこの曲を弾いていた。

（しっかしまあ、同じ曲なのに俺とは全然違う印象になるもんだな）

母やピアノの先生が、ショパンは弾く人によって全く違った曲になると言っていたが、その通りだ。

雄翔の演奏は非の打ちどころがなく上手いのだが、政近の耳には少し前のめり過ぎるように聞こえた。

（俺への対抗心が出過ぎじゃないか……？　まあ、そのおかげですごい引き込む力がある演奏ではあるんだけど）

そんな風に考えてから、政近は「偉そうに評価できる立場か」と自嘲する。そして、心配そうにこちらを見つめるマリヤに、安心させるように言った。

「本当に大丈夫ですよ。別に負けても大して問題はないので」

「……それは、選挙戦の上では、でしょう？」

「え？」

マリヤの言葉の意味が分からず、政近は目を瞬かせて振り向く。すると、マリヤは純粋な心配だけを宿した目で、政近の服の袖を掴《つか》んだ。

「たとえ、選挙戦に大きな影響はなくても……久世くんが傷付くようなことになるなら、今からでもやめましょう？」

「！」

その言葉に、政近は意表を衝かれる。そして、ふっと表情を緩めた。

「ありがとうございます……でも、大丈夫です」

「本当に？」

「ええ、俺は別に観衆の目とか評価とか、全然気にしないので。そもそも……」

「？」

いざとなると恥ずかしくて、少し口ごもる。が、マリヤの不思議そうで心配そうな目を前に嘘は吐けず、政近は少し目を逸《そ》らしながら言った。

「今日は……マーシャさんのために、演奏するつもりなんで」

「え？」

「ほら……昔、約束したでしょ？　ピアノを聴かせるって……」

「あ……」

それは、さーくんとまーちゃんが交わした約束。ピアノの演奏を聴きたがったまーちゃんを、発表会に招待すると約束した。まーちゃんがロシアに帰ってしまったがために、果たされることのなかった約束。

　今回司会としてマリヤを指名したのは、五年越しにその約束を果たすためだった。

「……覚えて、くれてたのね。そんな昔の約束」

「いや、すみません。正直、最近まで忘れてました」

「ふふっ、それでも思い出してくれたんだから、嬉《うれ》しいわ」

「……約束は、大事ですからね」

　柔らかな手できゅっと手を握られ、政近はどうしようもなく照れくさくなってしまう。

と、そこへ、

「……何やらこそこそとお話してるところ申し訳ないですけれど、そろそろ雄翔さんの演奏が終わりますわよ」

　若干ジト目気味な菫が、しらーっとした口調で声を掛けてきた。

「あ、すみません」

「……まあ、いいのですけれど。はぁ……雄翔さんも憐《あわ》れなこと」

　溜息《ためいき》を吐く菫が乃々亜《ののあ》の姿とも重なって、政近は気まずさを覚える。と、そこで雄翔の演奏が終わり、会場に拍手が巻き起こった。

「雄翔様ぁぁ────!!」

「王子ぃぃ────!!」

一際黄色い歓声を上げているのは、ピアノ部の女生徒か。それらに手を上げて応えながら、雄翔が舞台袖に戻ってくる。

「それじゃあ、行ってきます」

「うん……頑張って」

マリヤの応援に小さく笑みを返しながら、政近は雄翔と入れ替わりでステージに出た。一瞬すれ違いざまに交《まじ》わった雄翔の視線は、かつてと同じ対抗心剝《む》き出しのもので……政近は少し苦笑してしまう。

（そんな目で見られても、なぁ……俺に勝負する気はないし、そもそも勝負にならないんだが……）

睨《にら》まれたところで、それに応える意思も実力も今の政近にはない。そもそも、わざわざ応えてやる義理もない。所詮政近にとって雄翔は、この秋嶺祭を台無しにしようとしたクソ野郎。それ以上でも、それ以下でもない。奈央とは違って、雄翔には同情の余地などないのだ。雄翔側にどんな思いや事情があろうが、政近にとっては知ったことじゃなかった。

（ま、さっき思いっ切りビビらせて少しは溜飲《りゅういん》も下がったしな……今となっちゃ本当にどうでもいいんだよな）

そんなことよりも、今はマリヤとの約束を果たすことの方が大事だった。

（さて、何を弾くかな）

観客に一礼し、ピアノの前に座ってから、政近は今更になって考える。

マリヤに贈る曲として、相応《ふさわ》しい曲は何か。そう考え……政近は気付いた。

（いや、正確にはマーシャさんじゃなくて……まーちゃん、か）

政近が約束した相手は、マリヤであってマリヤではない。あの日の無邪気なまーちゃん。誤解の中で別れた、あの日のまーちゃんなのだ。

その時、政近の脳裏にかつてピアノの先生と交わした会話が蘇《よみがえ》った。

『本当に、周防くんはどんな曲でも弾けるようになってしまうわね～……この曲、難易度Fなのだけど……』

『そうなんですか？　僕は「革命」の方が難しいように感じたんですけど……』

『あれもFなのだけどね……ああそうそう、周防くん知ってる？　その「革命」って名前は、ショパンが付けたものじゃないのよ？』

『え、そうなんですか？』

『ええ、ショパンの曲には、他の人が副題を付けている曲がいくつもあるの』

『それじゃあ、もしかしてこの曲も？』

『あるわよ？　日本で広く知られてる、この曲の名前は――』

そこで政近はふっと小さく笑い、鍵盤に指を置いた。

（そうだな……今の俺は、久世じゃなく周防なんだった）

対戦相手《雄翔》がそのつもりなのだ。なら……今だけは、そのつもりになってもいいだろう。

今この時だけは、周防政近《さーくん》に戻って。そして、遠い日のあの子に向けて……捧《ささ》げる。

ショパン『練習曲《エチュード》10第3番　ホ長調』

第10話 あの子にお礼とお別れを

ライブは、大盛況の内に終わった。

万雷のような拍手と歓声を上げる観衆、中にはふざけてアンコールを送る人までいる。それらを五人の先頭で受けながら、アリサは不思議な感覚に囚《とら》われていた。

今までの人生で、これほど誰かに笑顔を向けられたことがあっただろうか。これほどまでに、多くの人に求められたことがあっただろうか。

（ああ、これが……）

これが本当の、「報われた」という感情なのだろう。

ずっと、誰にも褒められることのない努力を続けていた。自分だけが、自分の努力を認めていればいいと思っていた。けれど……

（勇気を持って踏み出せば……私を認めてくれる人は、いっぱいいたのね）

不意に、アリサはまた胸の奥から熱いものが込み上げてくるのを感じた。それを堪えるようにぐっと目元に力を入れ、アリサは深々と頭を下げる。

そうして、ますます拍手が大きくなる中、四人のバンドメンバーと目を合わせ、ステージを後にした。

「う、おぉぉぉ！　めっちゃよかった！」

舞台袖に下りた途端、毅《たけし》がもう耐え切れないと言わんばかりに体を震わせ、会心の笑みを浮かべる。それに、今ばかりは他の四人も少しテンション高めに頷いた。

「うん、うん……！　本当に、すごくよかった！　お世辞とかじゃなく、今までで最高の演奏が出来たよ！」

「ええ……わたしも、そう思います」

「あれ？　さやっちちょっと泣きそう？」

「そんッ！　なこと、ないです」

「えぇ～ホントにぃ～？」

「もうっ！　ののちゃんしつこい！　あっ――」

思わず内輪向けの呼び方をしてしまい、沙也加《さやか》は少しばかり気まずそうな顔をする。それに少し笑みを深め、アリサは今一度頭を下げた。

「みんな、ありがとう」

こんな私を、リーダーと認めてくれて。私に、こんな素晴らしい景色を見せてくれて。

いろんな意味を込めた感謝の言葉を、仲間達は笑顔で受け止めてくれる。

「こっちのセリフだって！　こんなにライブが盛り上がったのは、マジでアーリャさんの歌声がデカいと思うし！　あ、もちろん沙也加さんのベースと乃々亜《ののあ》さんのキーボードも最高だったけど！」

「なんだかついでみたいな言い方が気になりますが……そうですね。全員で協力して作ったステージです。感謝の必要はありませんよ」

「いや、マジでついでってわけじゃ――」

「うん、まあタケスィーは置いといて、アタシも楽しかったし。ありがとね、アリッサ」

「僕からもありがとう、アーリャさん。アーリャさんがボーカルを引き受けてくれて、リーダーとしてみんなを引っ張ってくれて、本当に頼もしかった」

「……この流れだと、感謝は不要と言ったわたしの立つ瀬がないのですが？」

「いや、それを言うならオレも立場がないっていうか……あっ、叶《かな》う～！　兄ちゃんの雄姿見てたかぁ～？」

ステージの外へ出て、人混みの中に弟の姿を発見するや否《いや》や、あっという間にそちらへ駆けて行ってしまう毅。その姿を微笑ましさ半分呆《あき》れ半分で見送っていると、アリサたちの姿に気付いた観客がワッと近付いてきた。

「九条《くじょう》さん！　マジでかっこよかったです！」

「乃々亜様ぁ！　最高でしたぁ！」

「清宮《きよみや》くぅ～ん！　こっち向いてぇ～！」

熱狂的な声を上げながら押し寄せる人混み。とっさに光瑠《ひかる》が前に出て女性メンバーを庇《かば》うが、その光瑠にも女性客からの熱い視線が集中し、光瑠は盛大に顔を引《ひ》き攣《つ》らせる。

「うっわぁパないね〜……しゃーないアリッサ。ファンサで撃退しよっか」

「ファンサ？　え、撃退？」

聞き馴染《なじ》みのない略語と物騒な単語に、アリサは目を瞬かせる。すると、乃々亜は、

「ほら、こうやって」

事も無げに言いながら、突然アイドルさながらの輝くような笑顔になると、ドバチン☆と星が散りそうなウィンクをかました。

「みんなありがとぉ〜☆　でもごめんね？　このままじゃまた騒ぎになっちゃうから、ちょっと道を空けてくれるかな？」

完璧なファンサで意識を持ってかれた直後に、すかさず差し込まれたお願い。一瞬にして訓練された観客は、自ら後ろの観客に声を掛けて人混みを散らし始める。

「とまあ、こんな感じで？」

「え、う〜ん？　えっと、ごめん無理……」

いろんな意味で同じことが出来る気がせず、アリサはぎこちなく笑った。

「それにしても、政近《まさちか》はどこ行ったのかな……まだ、実行委員会の方が忙しいのかな？」

と、そこでふと光瑠が漏らした言葉に、アリサもまた周囲を見回し始める。

そうだ、この胸に宿る興奮を、感動を、彼とも共有したい。彼が連れ出してくれた世界。彼が引き合わせてくれた仲間。彼が用意してくれたステージ。そこで得ることが出来たこの感情を、今すぐ彼に伝えたい。

きた。

（政近君……！）

逸《はや》る気持ちを抱え、視線を巡らせるアリサの耳に……不意に、ひとつの声が飛び込んできた。

「え、マジ!?　討論会!?」

否応《いやおう》なく注意を引き付けられる言葉に、アリサは反射的にそちらを向く。するとそこには、スマホ片手に興奮した様子で隣の女子に話し掛ける男子生徒がいた。

「おい！　講堂で討論会やってるって！　ピアノ対決！」

「え、誰が？」

「桐生院《きりゆういん》と久世《くぜ》！　もう始まってる！」

聞こえてきたのは、捜し求めていた少年の名前。同時に怒涛《どとう》のように押し寄せてきた情報に、アリサは呆然《ぼうぜん》となってしまう。

（政近君……？　討論会？　ピアノって……なんで？　どういうこと？）

誰かに答えを求めるように視線を彷徨《さまよ》わせ……ふと、目の前の光瑠が一点を見つめて固まっていることに気付いた。

「……光瑠君？　どうし──」

その視線を追い、その先に複雑そうな表情で立つ三人の男女を発見して、アリサは直感する。彼らこそが、光瑠や毅の元のバンドメンバーであることを。

「光瑠く──」

「行きなよ、アリッサ」

「え？」

背後からの声に振り向くと、乃々亜が気だるそうな半眼でこちらを見返した。

「くぜっちのことが気になってるんでしょ？　こっちはいいから行きなって」

「ええ、道は……倉沢《くらさわ》先輩！　お願い出来ますか？」

沙也加の呼び掛けに、男装眼鏡女子改め風紀委員の倉沢柊《ひいらぎ》さんが、シュタッと出現する。そして、眼鏡をくいっとしながら言った。

「九条アリサさんのボディーガード、ね。いいでしょう」

「ありがとうございます」

「じゃ～道作るね～」

緊張感のない声に続き、再び乃々亜のファンサ&お願い《命令》が炸裂《さくれつ》。モーゼの海割りのように人混みが割れ、出来た細い道を、アリサは柊の後に続いて駆けた。

（政近君……どうして？）

頭の中で疑問が渦巻く。同時に言いようのない不安と焦燥感が湧き上がってきて、思考がまとまらない。まるで、政近が遠いところに行ってしまったような……そんな不吉な予感を晴らすべく、アリサは走る。この焦燥感はただの取り越し苦労だと、彼に会えば、不安など吹き飛ぶと。そう信じて、アリサは走った。

そうして、柊の誘導のおかげでスムーズに講堂まで辿《たど》り着いたアリサは、扉の前で息を整えてから柊に頭を下げる。

「倉沢先輩、ありがとうございました」

「構わないわ。それじゃあ、私はステージの方へ戻るわね」

「はい」

そこで柊と別れ、アリサは再び講堂の扉へと向き直る。

「……よし」

そして、小さく気合を入れると、大きな二重扉を開いて中へと足を踏み入れた。

そこにあったのは……静寂。静寂の中に響く、ピアノの音。それだけ。

（これは……）

まるで湖面を照らす月光のような、澄み切った音色。わずかな音すら立てることが躊躇《ためら》われる、静謐《せいひつ》な空間。

その中を、ゆっくり歩を進め……アリサは、この空間を作り出している少年の姿を、視界に収めた。

（政近、君……）

そこにいたのは、アリサが捜し求めた少年であって、そうではなかった。そこにいたのは、アリサが全く知らない政近だった。

アリサが知る政近は、こんな風に本心を露《あら》わにしない。いつも冗談めかして、ふざけた態度で本心を隠してしまう。こんな風に、自分のありのままを全部音《言葉》に乗せて、演奏《話》したりはしない。

（やめて……）

アリサにも、分かってしまった。この曲は、たった一人の誰かへ捧《ささ》げる恋歌なのだと。響く音から、躍る指から、奏でる全身から、剝《む》き出しの思慕と秘めた哀切が伝わってくる。

それを向けられる誰かに、アリサは強烈に嫉妬した。

（やだ！　やだぁ!!）

駄々《だだ》っ子《こ》のような声が胸の中で爆発する。今すぐこの場の全員の耳を塞ぎ、目を塞ぎたかった。彼が見せた本当を、他の誰からも隠したかった。

見せないで欲しい、そんな姿を。他の誰にも。

（私がパートナーで……私が一番そこに近くて。私が、一番に政近君を知るはずだったのに！）

整理のつかない激情が、溢《あふ》れて止まらない。自分で自分がよく分からないまま、アリサは泣きたいような、叫びたいような衝動に駆られ、両手を握り締めた。

遠い。政近が今までで一番遠い。隣に立てたと思ったのに。彼の本心に、少しは近付けたと思ったのに。また彼は……一人で遠くに飛び去ってしまった。

【私の、魔法使い……】

アリサの小さな小さな呟《つぶや》きは、ピアノの音に搔《か》き消《け》された。

◇

達成感というものが、ずっとよく分からなかった。

祖父に認められれば嬉《うれ》しい、母に褒められれば嬉しい、妹に喜ばれれば嬉しい。それは分かる。だが、達成感というものが分からない。だからだろうか。

心のどこかで、いつも虚《むな》しさを感じていたのは。そして周防《すおう》を離れてからは、その虚しさだけが俺の中に残った。

自由で退屈な父方の祖父母の家で、虚しさを抱えて過ごす日々。ある日、何気なくテレビでやっていた子供向けのアニメを観て、俺はこの虚しさの原因に気付いた。

『オレには夢がある！　どれだけ壁が大きくとも、オレは決して諦めない！』

テレビの中では、才能のない主人公が夢に向かって必死に努力をしていた。

彼のその愚直さを最初は嗤《わら》っていた人々も、やがてそのひたむきさに惹《ひ》かれ、彼を応援するようになる。そして、彼は襲い来る試練に苦悩し、時には挫折しながらも、強い情熱と弛《たゆ》まぬ努力によって見事成功を勝ち取るのだ。

まさに主人公。誰もが彼を応援し、努力の勝利だと、その成功を祝福する。そして彼は、全ての人々に祝福されながら、彼をずっと支え続けたヒロインと共に最高のハッピーエンドを迎えるのだ。

……苦悩、挫折、情熱、努力。どれも俺には無縁のものだった。

俺にあったのは、無駄にあり余った才能と、苦悩も挫折もない、さながらゲームのレベル上げのような努力《作業》だけ。そんなもので易々《やすやす》と成功を勝ち取ったところで、達成感など生まれるはずもない。こんな俺を、一体誰が応援する？　誰が俺の成功を祝福する？　俺の成功なんて、きっと誰も望んでは――

　胸の中で虚しさがどんどん膨らんでいって、全てに対して無気力になっていた時……俺に希望を与えてくれたのが、彼女だった。

　奇跡のように現れた、俺のヒロイン。彼女が応援してくれるなら、彼女が祝福してくれるなら、他の誰にどう思われようとも構わない。

　彼女の笑顔は、俺の希望だった。彼女の笑顔だけが、俺の虚しさを埋めてくれた。ずっと嫌な記憶として、胸の奥に封じていた記憶。けれど真実はそうではなかったのだ。長年の誤解が解けた今……もう、彼女には感謝しかない。

（だから……）

　だから、この約束《心残り》を果たして、今度こそ終わらせよう。過去の恋に決着をつけ、未練なく前へと進むために。あの日告げられなかった言葉を、あの子に笑顔で伝えよう。二人の出会いは奇跡であり、決して不幸などではなかったのだと。精一杯の感謝と、恋慕を込めて、

【Спасибо тебе за всё… Прощай…《ありがとう……さようなら》】

そう囁《ささや》き、鍵盤から手を放すと、政近はしばし瞑目《めいもく》した。瞼《まぶた》の裏に映る彼女は、かつてと同じ無邪気な笑みを浮かべていて……政近は自分の都合の良さに、少しだけ苦笑してしまう。そして、笑うことが出来た自分自身に、少しだけ清々《すがすが》しい気持ちになった。

そうして、曲の余韻が完全に消え去ってから立ち上がると、いつも通り静寂に包まれた会場に一礼し、政近はステージを後にした。

◇

政近が舞台袖に姿を消してから、今更になって湧き上がり始めた拍手。その中で、綾乃《あやの》は拍手もせずに優美《ゆみ》の背中を撫《な》で続けていた。

「奥様……」

「ごめんなさい……ごめん、なさい……っ」

ハンカチに顔を埋め、しゃくりあげながら謝罪を繰り返す優美。後悔に押し潰されそうなその背中を、綾乃はずっと撫で続けていた。

そんな彼女達の、ずっと後方。観客席の最後列の、更に後ろ。そこには、政近ですら予想していなかった面々がずらりと並んで拍手をしていた。

「……何者ですか？　彼は。とても無名のピアニストとは思えませんが」

一人の男性が上げた声に、しかし他の面々は誰も何も答えない。何人かは厳清《げんせい》に窺うような視線を向けたが、彼が無言を貫いているのを見て、全員口を噤《つぐ》んだ。

「しかし、惜しいですね」

代わりに、別の女性が上げた声に、彼らは口々に同意した。

「ええ、実に惜しい」

「ですが、勝てないのであれば仕方がありませんね」

それらの言葉に重々しく頷《うなず》き、最長老の男性が冷徹な声で裁定を下す。

「ここまでの騒動を起こした度胸と野心は買うが……最後の詰めで勝てないのであれば、所詮それまで」

そう言い切って、彼はくるりと踵《きびす》を返すと、案内で来ていた統也《とうや》に声を掛けた。

「戻ろうか」

「え、結果は見届けなくてもよろしいんですか？」

「見るまでもない」

「……分かりました。ではこちらへ」

そして、彼らは統也に続いて講堂を後にするのだった。

◇

「で、な〜んで勝っちゃうのかね〜？」

舞台袖の出口から外に出たところで、政近はぼやく。

演奏を終えた後、早速挙手による投票へと移ったのだが……その結果は政近にとって完全に予想外だった。何しろ、割と明確に政近の勝利だったから。接戦ですらなかった。カウンターを手に投票数を数えようとしていたスタッフ達が、「え、これ見ればよね？」と顔を見合わせてしまう有様だった。

「……マーシャさん、何か仕込みとかしてませんよね？」

一緒についてきたマリヤに三割くらい本気でそう尋ねると、マリヤはぷぅっと頰《ほお》を膨らませる。

「してないわよぉ失礼しちゃう」

「いや、だって……ねぇ？」

おどけた態度で苦笑しつつ、政近はじわじわと心が冷えていくのを感じていた。

勝ってしまった。その事実が、政近の中の虚しさを膨らませていく。

（ハァ～ア、人生ってヌルゲー《クソ》だわ～）

唾棄したくなる勝利を手に、虚《うつ》ろに笑う政近。それに、マリヤはふっと優しい表情を浮かべると、政近を正面から抱擁した。

「お、ぉう？」

「ありがとう、約束を守ってくれて……とっても、素敵な演奏だった。涙が出ちゃいそうなくらい」

「……そうですか、それはよかった」

マリヤの言葉に、政近は少しだけ虚しさが埋まるのを感じる。相変わらず勝利に達成感はないが、マリヤの称賛は……かつてと同じように、政近の心を慰めた。

懐かしさと共に、穏やかな気持ちでマリヤに身を任せる。任せて、任せ、て……

（いや……ちょ、長いな）

抱擁が、長い。というか、どんどん情熱的になってる気がする。なんだかちょっと爪先立ちになって、頬までこすりつけられてるし！

（う、うわぁ、ちょっとヤバい。なんかちょっとヤバい！　昔と違う！　柔らかさとか、とにかくいろいろ違うッ！）

政近の危機感がピークに達し、マリヤを引き離そうと……したタイミングで、パッとマリヤの方から抱擁が解かれた。

そして、マリヤは安心したようなちょっと残念なような顔をする政近を見て、無邪気に笑う。

「さーくん、可愛い♡」

「あ、いや……」

「ふふふっ、わたし、やっぱり久世くんのこと好きだなぁ」

「あ──」

何気なく、しかし嘘偽りなく告げられたその言葉に、政近は反射的に眉を下げた。その表情を見て、マリヤはちょっとだけ笑顔に切なさを交ぜる。

「ごめんね。言いたくなっただけ。困らせるつもりはなかったの」

「いえ……」

嬉しいです。そう続けることが出来ずに、政近は口ごもった。

（マーシャさんのことは人として好きだけど……やっぱり、あの子とは違うんだよなぁ）

まーちゃんに向けていたのと同じ感情を、今のマリヤに向けることは出来ない。でも、

（あの子への想いには、決着をつけたから……もしかしたら、いつかまた……）

そう考え、複雑な思いでマリヤを見つめる政近。それに対して、マリヤはますます切なそうに眉を下げて、

「もし──」

何かを言い掛けた。その瞬間、

「政近君!!」

横から、鋭い呼び声が響いた。

「え……アーリャ？」

驚いて振り向けば、そこにはなぜかライブ衣装のまま、すごく切迫した表情を浮かべるアリサの姿が。

「どうした……？　何か、あったのか？」

ただならぬその様子に心配の声を掛けると、アリサはぐっと歯を嚙《か》み締め、言葉を呑《の》み

込んでしまう。

「……ほら、行ってあげて？」

「え、その……」

「いいの。ほら、行ってあげて」

優しく肩を叩《たた》かれ、微笑みながら促され、政近は軽く会釈をしてからアリサの方へと向かった。

少し背後を気にしながら去って行く政近に、マリヤは笑顔で手を振る。そして、

【もし、あの時きちんと再会を約束できていたら～は、ちょっと言い過ぎよね】

その背中が見えなくなってから、少し切なげにぽつりと呟《つぶや》いた。

◇

「策を弄した挙句、自分の一番の得意分野で完敗……無様ですわね」

講堂の舞台袖、片付けられたグランドピアノの傍で、政近に渡された封筒の中身を見た菫は呟《つぶや》く。それを聞くでもなく聞きながら、雄翔《ゆうしょう》はじっとピアノに手を置き、鍵盤を眺め続けていた。

「それで？　どうしてそんなにすっきりとした顔をしていますの？」

どこか剣呑《けんのん》な菫の問い掛けに、雄翔は少ししてから答える。

「菫姉さん……オレ、やっぱりピアノが好きだよ」

「あら、今頃気が付きましたの？」

自分としてはなかなか重大な告白だったのに、あっさりと返されてしまって雄翔は苦笑した。

（まったく、菫姉さんには敵《かな》わないな……）

ずっと、自分に嘘を吐いていた。

ピアノを趣味だと嘯《うそぶ》き、本気になるようなもんじゃないと自分に言い聞かせ、そうやって自分の本心と向き合うことから逃げていた。自分の心に蓋をして、ピアノの代わりになる何かを探して……父の跡を継ぐことが、自分の人生における目標だと思い込んだのだ。

でも、もう嘘は吐けない。

久しぶりにピアノと真っ正面から向き合い、全力をぶつけ、そして敗北して……もう、認めざるを得なかった。ピアノに対する、この抑えようもない情熱を。

政近の演奏は、音からして違った。同じピアノを使っているとは思えない、全く別次元の演奏だった。政近が奏でるピアノは泣いていた。叫んでいた。単純に技術だけで言えば、雄翔は負けていた気はしない。それでも、自然と負けたと思ってしまった。そう思わされるだけの何かが、政近の演奏にはあった。

それが何なのか、今の雄翔には分からない。けれど、これから探せばいいと思っている。今はただ……自分の本当の全力で、政近と戦えなかったことを悔やむばかりだった。

（ごめんな、ずっと中途半端な気持ちで向き合っていて）

謝罪を込めて、ピアノを軽く撫でる。これからは、もっとひたむきに向き合おうと思った。この先、政近との対決が再び実現するかは分からない。けれど、もしそうなった時に、今度こそ後悔をしないように。

「菫姉さん」

「？」

「オレ、さ……音大を、目指そうと思うんだけど」

「いいんじゃありません？」

「えっ」

これまたあっさりと返され、雄翔は振り向く。すると、菫に心底呆《あき》れたような目で見返された。

「桐生院グループを継ぐことを、あなたが本心から望んではいないことぐらい、とっくにお見通しですわ。ご安心なさい？　あなたが継がずとも、わたくしが立派に桐生院グループを継ぎますわ」

「ア、ハハハ……」

堂々と胸を張る菫に、雄翔は乾いた笑みを漏らす。

「そっか、全部お見通し、か……」

「ええ。特に、あなたは本当に好きなものが手に入らない時に、他のもので気を紛らわせようとする癖がありますもの。分かりやすいですわ」

「そう……かな？」

「そうですわ。昔っから、ブランコが埋まってたらわざとらしく砂場ではしゃいだり、チョコレートアイスが売り切れてたら、他のアイスを山積みにしたり……」

「う……」

「今もそうですわ。本命の女の子に振り向いてもらえないからって、好きでもない女の子をたっくさん周りに侍《はべ》らせて」

「え」

　菫の言葉に、雄翔は絶句する。その背中に、ドッと冷や汗が湧き上がった。まさか、そこまでお見通しなのか……？

「どこのどなたが本命なのかは知りませんが、当てつけのように女の子を侍らせたって、振り向いてはもらえませんわよ？」

「……あ、うん」

　やれやれと呆れたように首を振る菫に、雄翔は真顔で頷《うなず》く。安心したような、残念なような……複雑な気持ちになりながらも、一度溜息《ためいき》を吐いて気分を切り替えた。

「まあ、音大を目指すって言っても……今すぐに決められることじゃないけど」

「そうですわね。まずは……」

「うん、まずは父さんに相談してみるよ。……簡単には認められないかもしれないけど」

「……そうじゃありませんわよ」

「え？」

予期せぬ否定に顔を上げると、菫は封筒の中に入っていた紙をひらひらと揺らしながら言った。

「まずは、坊主でしょう？」

「……は？」

「また何か悪巧みをしたのでしょう？　悪いことをしたのなら、まず頭を丸めて土下座ですわ」

その言葉を聞き、菫が持つ紙に書かれた「今日の学園祭で起きた騒動に関して、桐生院雄翔がやったことを全校生徒の前で白状する」という文章を見て、雄翔は頬を引《ひ》き攣《つ》らせる。

「まさ、か……全校生徒の、前で？」

「当然ですわ。あなたは負けたのですから」

「いや、でも坊主と土下座は条件には──」

「日本男児、たるもの」

雄翔の言葉を遮り、菫はドスッと雄翔の胸に人差し指を突き付けた。そして、ドスドスと指をノックしながら、一音ずつ胸に突き刺すように告げる。

「ボ、ウ、ズ、で、土、下、座。ですわ」

従姉《いとこ》に突き付けられた、到底承服できない言葉に、雄翔は反抗的に眉根を寄せ……

「で、す、わ？」

「……ハイ」

菫の眼光を前に、従順に頷いた。いろんな意味で、雄翔にとって菫は最大の弱点なのであった。

◇

「お、おい、アーリャ？　どうした？」

ズンズンと先を行く銀の髪に問い掛けるも、アリサは無言で政近の手を引くだけ。さっきからずっとこの調子だ。怒っているのか焦っているのか、それすらもよく分からず心当たりも……ないわけではないが、なんだかそういうわけでもない気がする。

「なぁ、どこ行くんだ？　ライブは上手《うま》くいったのか？」

なんとか話し合いをしようと声を掛けるも、やはりアリサは無言。そのまま気付けば部室棟の裏手、全く人気のないところまで来てしまっていた。そこでようやく、アリサは足を止める。

そして、振り向くや否や無言で睨《にら》まれ、政近は頬《ほお》を引き攣らせた。

「やっぱり、怒ってる？　ライブを観に行けなかったから？　それとも勝手に討論会なんかしたからか？　いやごめん、言い訳にしかならないけどちゃんと理由はあぁ？」

ずいっと距離を詰められ、政近は反射的に半歩後退《あとずさ》る。が、政近がそれ以上後退する前に、二人の距離はゼロになった。

「お、へ？」

正面からぎゅっと抱き着かれ、抱き締められ……政近は思わず間抜けな声を出してしまう。

「あ、アーリャ？　マジでどうした？」

本格的に意味が分からず、混乱しながら問い掛けるもアリサは無言。無言のまま、政近の背中に回した腕に力を込め、ぎゅうぎゅうと抱き締めてくる。

（え、これどういうこと？　どういう感情なの？）

そもそもアリサに抱き締められること自体、初めての経験だ。いや、抱き締められるというよりかはしがみつかれるという表現の方が相応《ふさわ》しい気もするが……

（な、なんで無言？　めっちゃ柔らかいしいい匂いするけどなんか力強いしってか、これ本当にアーリャだよな？　中身だけ別物になってたりしないよな？　デレデレして油断した瞬間、ガパッと口を開いて食いついてきたり――）

と、思った瞬間。

「!?　いっ!?　いでででで!?」

リアルに首筋に噛《か》みつかれ、政近は堪《たま》らず悲鳴を上げた。

「マジでどうした寄生生物か⁉　中身乗っ取られたか⁉　それともゾンビか？　ゾンビウイルスなのか⁉」

混乱した頭でそこまで叫んだところで、首筋に食い込んでいた歯の感触が消える。と、その代わりに柔らかな感触が押し当てられ、かと思ったらそのまま肩口に顔を埋められた。

「……アーリャ？」

「……」

（う、う〜ん、なんだ？　なんか、拗《す》ねた子供が仏頂面で親にしがみついてるみたいな……？）

状況が分からないながらも、落ち着かせるようにポンポンと背中を叩《たた》いてみる政近。その耳に、ぽつりと漏らされたロシア語が届く。

【あなたは、私のパートナーなのよ……？】

囁《ささや》くようにそう言い、アリサはもう一度腕に力を込める。

その後、続也にスマホで呼び出されるまで、アリサの抱擁は続いた。

Иногда Аля внезапно кокетничает по-русски

エピローグ

今、この時だけは

「集計の結果、優秀賞は女子剣道部の劇になりました」

「おぉ～」

「ま、妥当だね」

「剣劇、すごい迫力だったもんな……」

「菫《すみれ》先輩超かっこよかった……」

「そして、特別賞は一年D組と一年F組の合同企画、メイド喫茶になりました」

「……あ～ね」

「いや、なんだこの圧倒的一位は……二組合同とはいえ、ぶっちぎりじゃないか」

「あ、会長は行ってないんですか」

「あれはもうなんというか……ね」

「アイドル商売の恐ろしさを垣間見《かいまみ》ました……」

学園祭が終了し、各クラスや部活が片付けに勤《いそ》しむ中、学祭実行委員会は最後の会議を行っていた。アリサも会計としての仕事を終え、会議に参加していたが……正直、半分以上聞き流していた。

（ハァ……私、なんであんなこと……）

思い出すのは、討論会後に政近《まさちか》にしたこと。自分でもよく分からない感情に衝《つ》き動かされるまま、本当によく分からないことをしてしまった。実行委員会の仕事を経て落ち着いた今となっては、もはや後悔しかない。

（いや、本当に何やってるのよ……あんな思いっ切り抱き着いて、嚙《か》みついた挙句キスまでして……ああもう本当に意味が分からない）

あの時はとにかく政近に自分だけを見て欲しくて、自分だけが政近を見ていたくて、勝手なことをしといて平然としている政近が憎らしくて……気付けばあんなことをしてしまっていた。

（あぁ……私って、実は独占欲が強い人間だったのかしら……）

政近が自分にとって特別な人であることを、アリサも今更否定するつもりはない。

幼少期を除けばアリサにとって初めての友人であり、選挙戦のパートナーであり、いろんな世界を見せてくれる魔法使いのような人でもある。きっと政近がアリサをそう思う以上に、アリサは政近を特別に思っている。

（だから、かしら？）

政近にも、同じだけの〝特別〟を求めているのだろうか。それが、この独占欲の正体なのか……いかんせん、どれも初めての感情ばかりでよく分からない。

（私、対人関係は本当に初心者だものね……）

バンド活動を経て友達は増え、社交性も多少向上した自覚はあるが、だからこそ自分がまだまだということもよく分かってしまった。未《いま》だに愛想笑いは苦手だし、自分から何を話したらいいのか分からないし、距離感の測り方もよく分からないし……

（うん……けど、流石にあれはない）

どう言い訳したところで、いきなり噛みつくのは意味不明だった。犬じゃあるまいし。不慣れとか不器用とかいう言葉では擁護し切れない暴挙だ。

（あぁ、本当になんであんなこと……でも、有希《ゆき》さんも前に同じことやってたのよね？歯形ついてたし……というか、あれを見たからこそ私もなんだかこう、すごくグワーッとなっちゃって……）

すまし顔で会議の進行を眺める有希をチラリと見て、続いて隣の政近をチラリと見る。そして、歯形を隠すように貼られた湿布を見て、物凄《ものすご》く申し訳ない気持ちになった。

（ああもう最悪……後で謝らないと……でも、どうやって謝れば……）

自分でもなんで噛みついたのかよく分かっていないのに、どう説明してどう謝罪をすればいいのか。いっそのこと、「目には目を歯には歯を」の原理で同じように噛んでもらうか。……いや、それはそれでまた意味が分からないか。

（うぅ……もう、消えたい。誰か助けて……）

難解過ぎる問題を前にとうとう内心泣き言を漏らしたところで、実行委員長が立ち上がった。

「よし！　まあ今日はいろいろとトラブルがあったが、みんなの協力のおかげで大した怪《け》我《が》人もなく、来光会のお偉いさん達のお説教もなく！　なんとか乗り切れた！　みんな本当にありがとう！」

そう言って副委員長と共に頭を下げると、委員長はニヤッと力強く笑う。

「みんな一カ月間お疲れ様！　あとは思う存分後夜祭を楽しんでくれ！　あ、まだ仕事ある奴はほどほどにな？」

最後にちょっと笑いを誘うと、委員長は腕を大きく広げた。

「それじゃあ最後は一本締めで締めるぞ！　お手を拝借！」

その合図で、全員が起立。同じように体の前で手を構えると、委員長が拍子を取る。

「イヨォ～オッ」

パンッ！

手を打ち鳴らす音が幾重にも重なって響き、第六十六回秋嶺祭、実行委員会は解散した。

◇

「アーリャ」

大会議室を出ようとしたところで背後から呼び止められ、アリサはピクッと肩を揺らす。

そして、肩越しに少し振り向くと、声を掛けてきた政近に素っ気なく答えた。

「なに？」

「あ～この後、時間あるか？　付き合って欲しいところがあるんだけど……」

政近の申し出に、アリサは迷う。正直に言えば、特に予定はない。クラスの片付けが残っていたら、手伝おうかと思っていたくらいだ。実行委員会の仕事が終わった今、他にしなければいけないことは何もない。のだが、それを正直に伝えたものか……と考え、アリサは無駄だと悟った。

一緒に仕事をしていたのだ。政近とて、この後アリサの予定がないことくらい把握済みだろう。下手に嘘を吐いて鬱々とした気分を引きずるくらいなら、ここで謝って潔く決着をつけた方がいい。そう判断し、アリサは肩越しに小さく頷《うなず》いた。

「まあ、いいわよ」

「よかった。じゃあ付いてきてくれるか？」

先を行く政近に付いて、大会議室を出る。そのまま夕暮れの廊下を歩きながら、アリサは政近の背を見つめてどう話を切り出そうかと考えていた。

(噛んだりしてごめんなさい？　でも、あの行動をどう説明すれば……)

こじつけでもいいから何か理由をと、アリサは頭を悩ませる。

真っ先に思い付くのは、政近が勝手に討論会をやったことだ。だが、その経緯については討論会後に政近の口から説明を受けた。生徒会役員と実行委員長、副委員長にのみ明かされたその経緯を聞けば、今更そこを蒸し返す気にはならなかった。……いや、そもそもそれ以前の問題だ。

（私の怒り自体が、理不尽なものだったものね……）

道理も何もない。アリサが勝手に独占欲を発揮して、あんな行動を取っただけ。

（まったく、馬鹿みたい）

いくら体を近付けたところで、心が近付くわけじゃないのに。女を使って素の表情を引き出したところで、本心まで引き出せるわけじゃないのに。出会った頃から今まで、何も変わらない。アリサにとって政近は、いつまで経《た》っても近くて遠い存在だった。

（いつか……政近君は、私の傍から離れていくんでしょうね）

政近は一人で何でも出来るし、どこにでも行けるから。いつかその時が来たら、政近は心の赴くままに、またどこかへ行ってしまうのだろう。そして……自由に飛ぶことが出来ないアリサでは、きっとそれに付いていくことは出来ないのだ。

（あ、やだ……なんか、泣きそう）

急に胸が震えて、アリサは瞬《まばた》きをする。と、そこで政近が立ち止まった。

「？　ここって……」

辿《たど》り着いた場所を確認して小首を傾げるアリサを余所《よそ》に、政近は扉を開ける。

「入って」

そして、促されるまま手芸部の部室に足を踏み入れると、見覚えのある女生徒がそこに待っていた。

「お、来たね久世《くぜ》氏」

「無理言って悪いな、スリットパイセン」

「まったくだよ。この貸しはデカいよ～？」

「俺が副会長になったら倍にして返してやるよ」

「なっはっは！　それは是非二人に当選してもらわないとね～」

親しげに言葉を交わす二人を少し複雑な面持ちで見ていると、ふと女生徒の目がアリサに向けられる。

「というわけで、始めよっか九条《くじょう》さん」

「え、な、なにを？」

「ま～まとにかく、こっちにいらっしゃい」

「え、え？」

戸惑いながら政近に視線を送るも、政近は視線で促すのみ。そしてアリサは、あれよあれよと昨日写真撮影をした隣室の物置へと連れ込まれてしまった。

「えっと……？」

「ほい、じゃああれに着替えるからね」

「え？」

女生徒の指差す先を見れば、昨日使わせてもらった窓辺のスペースに、一体のマネキンに飾られた純白のドレスがあった。

「じゃ〜ちゃちゃっと着替えて〜？　サイズは合ってるはずだけど、もし合わなかったら急ぎで調整するから。あ、靴はこれね」

「え、や、あの、これは一体……」

「ほ〜らいっそぐ〜」

疑問を鮮やかにスルーされ、アリサは何が何やら分からないままドレスに着替える。

「っし！　サイズ完璧ぃ！　さっすがわたし。久世氏〜こっちは終わったよ〜」

そして、その出来栄えにガッツポーズを取ると、女生徒はさっさと出て行ってしまった。

「……私は、どうすれば？」

物置に一人取り残され、アリサは居心地悪く体を揺する。しかし、すぐに政近に名前を呼ばれ、アリサはちょっと自分の服装を確認してから物置を出た。

「おお……すごく似合ってるよ。とても綺麗《きれい》だ」

そして、そう言って笑う政近の服装に瞠目《どうもく》する。薄暗がりの中でも眩《まぶ》しい、白と青を基調とした騎士服。少し髪も撫《な》でつけてセットした政近は、無言で立ち尽くすアリサの反応に苦笑した。

「おいやめろ、無言になるな」

「あ、や……」

「いや、なんも言うな。言わんでいい！　服に着せられてるのは自分でも分かってる！」

危うく「かっこいい」と言い掛けて、政近に押し止《おしとど》められて言葉を呑《の》み込む。そして、代わりにずっと抱えていた疑問をぶつけた。

「これは、一体……？」

「あぁ、その……」

すると、政近は気まずそうに首に手を当てる。

「昨日、約束しただろ……？　正確には、もっと前だけど。学園祭を、一緒に回るって」

「あ──」

「いや、ホントごめん。結局時間なくなっちゃったし、それどころかライブも観れなかったし……アーリャが怒るのも無理ないよ、うん」

そう言って、政近は首筋に貼られた湿布を指で示した。その行動に、アリサは政近の気遣いを感じて胸がキュッとなる。

アリサの後悔も、苦悩も察した上で、謝る必要はないと。どうしてあんなことをしたのか訊《き》くつもりはないと。政近はそう言ってくれているのだ。

（あぁ……）

その優しさに、アリサはまた少し泣きそうになってしまう。それに気付いているのかいないのか、政近はスッと視線を逸《そ》らすと、斜め下辺りを見ながら言った。

「まあそんなわけで……結局後夜祭になっちゃったけど、アーリャに言われた通り、俺なりにちゃんとお誘いしようと思ったわけです」

そして、軽く咳払《せきばら》いをしてから、政近はその場に跪《ひざまず》く。と、そこで少し瞬きをしてから、淡い笑みを浮かべた。

「今だけは、お姫様扱いを許してくれよ？」

そう冗談っぽく言ってから、政近はそっとアリサに手を差し伸べる。

「姫、俺に貴女《あなた》のパートナーを務める栄誉を与えていただけませんか？」

それは、後夜祭のダンスへのお誘い。そのいっそキザなほどにロマンチックな演出に、アリサは鼓動が早まるのと同時に小さく笑ってしまう。

「もう、何よそれ……桐生院《きりゅういん》先輩の真似《まね》じゃない」

「なんだよ、最高に紳士だろうが」

「本音は？」

「こんなこと素面《しらふ》で大真面目に出来るかっ」

「ぷ、あははっ」

政近の正直な物言いに吹き出しながら、アリサは胸の中に喜びが広がっていくのを感じる。

いつものように冗談交じりだけれど、今政近はアリサだけを見ている。本心から、アリサを求めてくれている。

(今だけは……政近君は、確かに私のパートナーなのね)

奇《く》しくもこの時、二人は同じ思いを抱いていた。今、この時だけは、と。

互いの思いが重なっていることに気付かないまま、アリサは政近に合わせて芝居がかった仕草で、政近の手に自らの手を乗せる。

「ええ、よろしくってよ」

そう言って、悪戯《いたずら》っぽく笑って、

Хоть навсегда.

その瞬間、カシャッというシャッター音が微《かす》かに響いた。その音がした方を振り向き、政近がジトッとした目でツッコむ。

「おいスリッパ。勝手に撮るなよ」

「略すな略すな。いい記念でしょ？　ほれ」

そう言って向けられたスマホの画面には、笑みを浮かべて手を取り合っている二人が映っていて。アリサは、気恥ずかしさから肩を縮める。チラリと見れば、ちょうど政近もこちらを見ていて。二人は目を合わせ、同時に逸《そ》らした。そこへ、感心したような声が掛けられる。

「いやぁお似合いだねお二人さん。ステージ上で熱い言葉を交わし合うだけはあるわ」

「……え？」

聞こえた言葉に眉をひそめて振り向くと、女生徒は意外感たっぷりに瞬きをした。

「あれ？　もしかして本人気付いてない？　今すっごい話題になってるけど。なんか、九条さんが久世氏にステージの上で『信じてる』とかなんとか言ったって」

「…………え？　なん、で――」

呆然《ぼうぜん》と声を漏らしたところで、アリサの脳裏に当時の光景がフラッシュバックする。政近に「信じて待っててくれ」と告げられ、アリサは胸の前で両手を握り、「信じてる」と返した。

……胸の前で、両手を、握り。

その手には、マイク。

スイッチが入った、マイク。

恐ろし過ぎる予感に、アリサは愕然《がくぜん》とした表情で引《ひ》き攣《つ》った声を漏らす。そんなアリサに、女生徒はいい笑顔でサムズアップした。

「あ、あ、あぁ……」

「さっきも言ったけど、今めっちゃ話題になってるから。その服装で一緒に校庭行けば、後夜祭の主役は間違いなく二人だよ！」

その自覚なき追い討ちに、アリサは羞恥心が限界突破して、

「い、いやぁぁぁ――――!!」

夕暮れの部室棟に、アリサの絶叫が響き渡った。

単行本特典
原作者
書き下ろしSS

スリットパイセンが生まれた日

それは、政近《まさちか》が中等部生徒会で副会長を務めていた頃の話。

「それでは、体育館ステージ企画の話し合いを始めます」

学祭実行委員として政近が会議の開始を告げると、生徒会室にはピリッとした空気が流れた。

（うわぁ、針の筵《むしろ》だなぁ。他人事だけどおっかね～）

内心そう思いながらも、政近は議長として淡々と会議を進行する。

「えぇ～各団体から申請書を提出していただいた結果、現時点で希望されている企画の合計時間が、枠全体を一時間オーバーしてる状態です。他のステージ企画にも余裕はありませんので、なんとかお互いに融通し合って時間内に収めたいと思う、のですが……」

政近が話している間にも、この場に集まった各部活の代表者の視線は、たった一人の女生徒に集中していた。それは、この会議が招集された原因が彼女にあるからというのもあるが……単純に、彼女の服装自体にも大きな原因があった。

（うん、なんでチャイナドレス？）

それは、政近のみならずこの場の全員に共通した思いだっただろう。他の生徒が普通に制服を着ている中、彼女だけは真っ赤なチャイナドレスを着ているのだから。しかもスリットが深《ふ》っかぁい。ソファ席に座ってるもんだからそれが目立つ目立つ。その上着ている当人が割と清楚系の美少女であるというギャップも手伝って、明らかに一部の男子は、そのスリットから覗《のぞ》く彼女のふとももをチラ見していた。

(わざとらしく脚なんか組んじゃって……チャイニーズマフィアのお嬢様かよ。これで後ろに厳《いか》ついボディーガードが立ってたら完璧だな)

そこで政近が話し終えると、軽音部の部長がその女生徒に向かって口を開く。

「えっと、手芸部さん？　僕が記憶している限り、手芸部は例年ステージ企画は出していないはずですけど……今回はまたどうして？」

上級生からの質問の形を取った批判に、しかし手芸部部長を務める女生徒は笑顔で答える。

「いえ、前からやってみたいって話は部の中で出てたんですよ。でも、なんだかんだステージ企画は取れないって空気があって……でもまあせっかくなんで、今回は申し込んでみました」

にこやかに告げられた言葉に、軽音部部長は少しバツが悪そうな顔をする。

実際ここ数年、中等部学園祭の体育館ステージ企画は、毎年決まった団体が決まった時間を確保するのが暗黙の了解となっていた。中でも演劇部と軽音部は、「例年そうだから」

という大義名分を掲げて毎年かなりの枠を取っている。客観的に見れば、本来誰でも参加できるステージ企画を、慣例を盾に一部の団体が事実上独占している形なのだ。

それでも、これまでは特に表立って文句を言う者はいなかったのだが……そこへ、今回堂々と企画を持ち込んだのが手芸部だった。しかも、一時間というなかなか大きな枠で。

「しかし、このSEIREIコレクションというのは……」

企画書のコピーを見てその企画内容を確認し、軽音部部長が渋い顔をする。それに対して、手芸部部長は笑顔で立ち上がった。

「いいでしょう？　うちの部で作った衣装を着たモデル達が、ランウェイを歩くんです！」

さながら舞台女優のように大仰に両腕を広げ、楽しげに語る手芸部部長。自然と見せつけられる、その身にまとうチャイナドレス。それとスリット。

（なるほど、このためか）

この服装は、企画をイメージしやすくする見本というわけだ。彼女の姿を見て、この場の男子は想像しただろう。同じように男のフェチを刺激する際どい衣装を着た見目麗しい女生徒たちが、颯爽《さっそう》とランウェイを歩く姿を。どうやら軽音部部長も例外ではなかったらしく、少し気まずい表情で咳払《せきばら》いをしてから冷静な指摘をする。

「いや、出来るわけがないでしょうランウェイなんて。設置と撤去にどれだけ時間が掛かると思うんです？　組み立て式の舞台はありますが、あれは時間を掛けて高さを調整しないと危険なんですよ？」

経験に基づいたもっともな意見を口にする軽音部部長。しかし、手芸部部長は怯《ひる》まない。

「なら設置は前日に、撤去は学園祭終了後にして、ランウェイはずっと設置したままにすればいいじゃないですか」

「は？　い、いやいやいや、それこそ何を言ってるんですか？　絶対に邪魔でしょう！　その分客席のスペースが狭くなりますし！　ねぇ？」

そして他の部の面々に視線を送る軽音部部長。それを受けて、この場で軽音部と同じくらい大きな発言力を持つ演劇部の部長が口を開いた。

「私はいいと思う」

「はい……？」

まさかの裏切りに、軽音部部長が呆気《あっけ》に取られる。だが、政近は納得した。

（ああ、演劇部は衣装関連で普段から手芸部のお世話になってるもんな……）

恐らく、あらかじめ根回しがされている。

（思ったより強《したた》かだなこのチャイナ服部長）

政近が感心と共に手芸部部長を見ていると、軽音部部長が混乱した様子で演劇部部長に問い掛けた。

「え、や、本気ですか？」

「面白いじゃない。軽音部も演奏に利用すれば？　ほら、プロのミュージシャンも、ボーカルやギターがランウェイ歩いて客席の方に入って行くことだし」

「いや、まあそれは……たしかに、そうなんですが」

「ダンス部やジャグリング部も、ランウェイがあったらあったでまた新しいパフォーマンスが出来るんじゃない？」

演劇部部長の言葉に、他の団体も真剣な顔で考え込み始める。政近も最初見た時は荒唐無稽だと思っていた企画が、気付けば通りそうになっていた。政近はそのことに素直に感嘆し、その手芸部部長の手腕に敬意を表して、実行委員としてささやかな援護をする。

「ちなみにランウェイですが、組み立て式の舞台を一部高等部から借りれば実現自体は可能です」

「高等部からって……どうやって運ぶんです？　あれすごく重いですよ？」

「用務員さんに頼んで軽トラを出してもらえば問題ありません」

「ん、む……いや、そもそもですね。手芸部の出し物に割く時間──」

「演劇部からは二十分、手芸部に枠を譲るよ」

「な……」

演劇部部長の再度の裏切りに、軽音部部長は絶句した。そこへ、手芸部部長が笑顔で言う。

「ありがとうございます。それでは、わたしも二十分譲歩します。手芸部の時間は四十分で構いませんので、残り二十分をどなたかに譲っていただきたいのですが……」

その場の視線が、一番長く時間を確保している軽音部部長へと集中する。そして──

◇

「いや、すごかったね。素晴らしい交渉術だったよ」

会議終了後、ランウェイについて具体的な話を詰めるべく残ってもらった手芸部部長に、政近は純粋な称賛を向ける。なにせあの後、手芸部部長は学生議会の開催すらチラつかせた硬軟織り交ぜた交渉で、見事に手芸部の枠を四十分確保してみせたのだから。

「いやぁ副会長さんこそ、途中で援護助かったよ」

「ん……まあ大したことじゃないよ。本当にすごい交渉だった。各部にもきちんとメリットを提示した上で、自分達がしっかり一番多くのメリットを確保してて……」

「ん、まあ、ね……」

少し恥ずかしげに頬《ほお》を掻《か》くと、手芸部部長は立ち上がって靴を脱ぎ、ソファに片足を載せた。そして、スリットから白い美脚を惜しげもなく晒《さら》しながら、腰に手を当てて言う。

「スリットとメリットは大きい方がいいからね！」

世界の真理を突いたその言葉に、政近は衝撃を受けた。気付けば、感動で涙が止まらなかった。と言うと嘘《うそ》になるが、とにかくそれくらい感動した。そして、感動に震える唇が……自《おの》ずと、ひとつの敬称を紡いでいた。

「ス、スリットパイセン……！」

послесловие

あとがき

　どうも、度重なる十ページ超えのあとがきに脳破壊された挙句、コミックの単行本でもないのに巻末に原作者SSを載せるという大ボケをかました燦々SUN《サンサンサン》です。

　恐らく……いや、ほぼ間違いなく、ライトノベル史上初の試みではないでしょうか。うん、こんなかっ飛んだことやる作家他におらんわな。そもそも、私みたいにロクにページ管理をせずに、全部書き上がってから「めっちゃページ余っとるやないか〜い」ってなるいい加減な作家自体が希少だろうし。SS書いてまで広告を排除しようとする広告絶対許さないマンも私くらいだろうし。実は私、他の作家に「なんであいつ、原稿上がった後にあんなに元気なんだ……」って思われてるんじゃないかと思う今日この頃。

　というわけで、あとがきが本編だと思っている読者のみんな、ごめんな！　今回はあとがき短いよ！　短いし、見付けにくいよ！　次回からはちゃんと本編を先に読もうな！

　まあひとつあとがきらしいことを書くとするなら、今巻でマーシャと茅咲《ちさき》がやってた出し物は、私が学生時代に実際にやっていた出し物ってことくらいですかね。すまない同じ部のみんな。少しギミックのネタバラシをしてしまっているけど、最低限に抑えているから許してくれ。ノーギミック人体切断の刑だけは！　それだけは、あ、やめっ――

ゴホン、というわけで早々に謝辞に移ります。今回も締め切りギリギリの進行で大変なご迷惑をお掛けした編集の宮川《みやかわ》様。いつもありがとうございます。宮川様の細やかな気遣いと的確な分析には、毎回とても助けられております。

そして大変お忙しい中、今回も美麗で素晴らしく芸術的で全くもってエロくないのでありますなイラストをたくさん描いてくださったももこ先生。毎回注文が細かくってすみません。今回も溜息《ためいき》が出るほどに美しいイラストで、きっと世の青少年の性癖には多大な影響を及ぼしたことでしょう。私もアーリャの脚線美はじっくりと拝見させていただきました。ええ、全く下心はありませんでしたけども。下心はありませんでしたが、とにかく本当にありがとうございました。

それと、現在進行形で素晴らしいコミカライズを連載し、ロシデレファンを増やしてくださっている手名町紗帆《てなまちさほ》先生。いつもみんなを魅力的に描いてくださってありがとうございます。アーリャと政近がソックスするシーンには、私も思わず鼻から尊さが漏れそうになりました。これも下心は全くありませんでしたが、ありがとうございました。

そしてそして、本作の製作に関わった全ての方々と本作を手に取ってくださった読者の皆様に、瞳が真っ黒になるほどの感謝をお送りします。ありがとうございました！　また七巻でお会い出来ることを願っております。それでは最後に。

巻末ＳＳが一本だけだと誰が言った？

あとがきのあとがきSS

百合は世界を救う

「ヘイ綾乃《あやの》！　おっぱい枕！」

「畏《かしこ》まりました」

「ふわわっ、ぽよぽよだぁ。やわこいやわこい」

ベッドの上に仰向《あおむ》けになった綾乃に覆いかぶさり、その胸にくりくりと顔を押し付ける有希《ゆき》。そのまましばらく主にされるがままになっていた綾乃は、有希が多少落ち着いたタイミングで声を掛ける。

「突然、どうされたのですか？　何かございましたか？」

今日は特段、有希がストレスを溜めるような出来事はなかったはずだった。それでも有希が癒《いや》しを求めているのであれば、もしや自分の気付いていない何かがあったのではないか……と、懸念する綾乃。その胸からのそっと顔を上げると、有希は起き上がりながらナチュラルに綾乃のブラのホックを外した。メイド服の上から。わずか一秒で。そして、下着から解放された綾乃の胸を両手で揉《も》みながら、くいーっと首を傾《かし》げる。

「いやぁ、何かっていうか……最近実行委員会の仕事で重た～い空気ばっかだったから、リフレッシュが必要かなと思ってね……」

「左様でございますか」

「うむ、百合は世界を救う。どれほど過酷な戦場であろうと、どれほど重たい展開が続こうと、美少女二人がいちゃついていれば感想は『尊い』に収束するものなのだよ！」

「……」

有希の話は、いつもながら綾乃には少し難しかった。が、有希は綾乃の反応など気にも留めずに堂々と語る。

「そして、おっぱいもまた世界を救う！　おっぱいがあればみんな元気になる！　つまり！　百合とおっぱいの合わせ技で、世界平和が実現するということなのだよ！」

そう断言すると、有希は不意にスマホを取り出してコールした。そして、相手が出ると同時に叫ぶ。

「お兄ちゃんもそう思うよねぇ〜!?」

『なんだよ急に』

「かくかくしかじかズッコンバッコン」

『なるほどな。ちなみに俺は、ベッドの上で女の子が胸を揉み合ったりするより、お互いに髪を梳《と》かし合うくらいの方がグッと来るかな』

「なっ……！　くっ、なんて説得力だ……完璧に論破されたぜ。……ああ、オレが間違ってたよブラザー。なんでもかんでも合わせようとするのは安直だった」

『うむ、無理に合わせる必要はない。何かと組み合わせずとも、百合には百合の、おっぱいにはおっぱいの良さが』

「マトモに揉んだことないくせに語ってんじゃねぇよ」

『おい、なんで今辻斬《つじぎ》りに――』

最後まで言わせずに通話を切ると、有希は綾乃の上からどいてパチンと指を鳴らした。

「ヘイ綾乃！　音楽かけて！　上品で落ち着く雰囲気の……それでいていやらしくない程度に妖しくムーディーな曲で！」

「畏まりました」

サラッと投げられるなかなかの無茶ぶりに、しかし綾乃は見事に応えてみせる。室内に絶妙なチョイスのBGMが流れ、有希は満足げに頷《うなず》くと、ススッと綾乃の背後に回り込んだ。そして、綾乃のお腹《なか》に腕を回し、その肩に顎を載せながら、何やら大人っぽい表情&声色で綾乃の耳に囁《ささや》きかける。

「あら、綾乃」

「ゆ、有希、様……？」

「ふふっ、どうしたの……？　髪が、乱れているわよ？」

綾乃の髪が乱れているのは、さっきまで誰かさんに抱き枕にされていたせいだ。だがそんなことは気にせず、有希は妖しい笑みを浮かべてヘアブラシを手に取る。

「仕方がない子ね……いらっしゃい？　髪を梳かしてあげるわ」

「い、いえ、そんな畏れ多い……」

「いいのよ。あなたは、私の可愛い妹なのだから」

「あ……」

　謎に落ち着きのあるお姉様ムーブをかましながら、有希は綾乃の髪をすくった。もっとも、ベッドの上で女の子座りしてる状態でも明らかに有希の方が小さいので、傍《はた》から見て全く様になっていなかったが。

「綾乃の髪は綺麗《きれい》ね……お姫様みたいだわ」

「あ、ありがとうございます……量が多いので、手入れは大変なのですが……」

「そう。この綺麗な髪は、綾乃の努力の結晶ということなのね」

　余裕たっぷりに笑うと、有希は綾乃の髪を持ち上げ……おもむろに、そのうなじにキスをした。

「ひゃっ、有希、様……⁉」

「ふふっ、可愛いわね、綾乃」

　至近距離で蠱惑的《こわくてき》な笑みを浮かべる有希に、綾乃は目を見開き……ぎこちなく、口を開く。

「そ、その」

「うん？」

「シャワーを浴びて来ても、よろしいでしょうか」

「いやガチになるじゃねぇか」

真顔でデコピンをし、「あう」と声を上げる綾乃からサッサと離れると、有希はＢＧＭを切った。部屋に静寂が戻り、有希はふぅっと息を吐く。

「あっぶねぇ……危うくサービスシーンを通り越して、セクシーシーンになるところだった」

「サービスシーン、ですか？」

「うん、サービスシーン。略してＳＳ」

そう言いながら、有希はあらぬ方向を見てフッと笑う。その視線を追い……綾乃は何も見付けることが出来ずに、小首を傾げた。

「あの、有希様。何をご覧になっているのですか？」

「え？　バカには見えないカメラ」

「！　やはり、有希様は……わたくしのような凡夫には見えない世界で生きておられるのですね……！」

「いや、マジレスすんな？」

ジト目でツッコミをする有希の傍で、スマホがブブッと震え。画面に、『ちなみに、作為的に見せつけられる百合はおいしくないぞ』というメッセージが表示された。

#ロシデレ
よろしくおねが
します

時々《ときどき》ボソッとロシア語《ご》でデレる隣《となり》のアーリャさん６

著　燦々《サンサン》SUN《サン》

角川スニーカー文庫　23612

2023年４月１日　初版発行

発行者　山下直久

発　行　株式会社KADOKAWA

〒102-8177 東京都千代田区富士見2-13-3

電話　0570-002-301（ナビダイヤル）

印刷所　株式会社暁印刷

製本所　本間製本株式会社

◇◇◇

●お問い合わせ

https://www.kadokawa.co.jp/（「お問い合わせ」へお進みください）

※内容によっては、お答えできない場合があります。

※サポートは日本国内のみとさせていただきます。

※Japanese text only

Printed in Japan　ISBN 978-4-04-113544-0　C0193

★ご意見、ご感想をお送りください★

〒102-8177 東京都千代田区富士見 2-13-3

株式会社KADOKAWA　角川スニーカー文庫編集部気付

「燦々SUN」先生「ももこ」先生